Douglas Adams

DAS LEBEN, DAS UNIVERSUM UND DER GANZE REST

Nacherzählt von JOHN CARNELL

Gezeichnet von PARIS CULLINS und CHRISTOPHER SCHENCK und NEIL VOKES

Getuscht von JOHN NYBERG

Koloriert von DIGITAL CHAMELEON und NETWORK COLOR TECHNOLOGY

Schriften von JOHN WORKMAN, CLEM ROBINS und HORST DIEMER

Aus dem Englischen von Benjamin Schwarz

WILHELM HEYNE VERLAG
MÜNCHEN

HEYNE ALLGEMEINE REIHE
01/13035

Titel der Originalausgabe
DOUGLAS ADAMS' LIFE, THE UNIVERSE AND EVERYTHING
Published under license from DC Comics

Umwelthinweis:
Dieses Buch wurde auf chlor- und säurefreiem Papier gedruckt.

Taschenbucherstausgabe 2/2000

Wilhelm Heyne Verlag GmbH & Co. KG, München
Printed in Germany 2000
Umschlaggestaltung: Atelier Nele Schütz Design, München
Druck und Bindung: RMO, München

ISBN: 3-453-16103-3

http://www.heyne.de

Teil 1

FÜR DIEJENIGEN MIT KURZEM GEDÄCHTNIS: UNSERE GESCHICHTE BISHER

DER REISEFÜHRER PER ANHALTER DURCH DIE GALAXIS ist ein elektronisches Buch, das alle möglichen verlockenden Informationen für den galaktischen Billigreisenden enthält. Verlegt worden ist es von Megaloo Publications, die ihren Sitz auf dem sagenhaft langweiligen Planeten Ursa Minor Beta haben.

Um die Riesenmenge der galaktischen Stichwörter in dem Reiseführer auf den neuesten Stand zu bringen, schickt Megaloo Agenten in der ganzen Galaxis herum. Einer davon ist Ford Prefect, ein Freund des Erdlings Arthur Dent. Als er entdeckt, daß die Erde zerstört werden soll, um einer Hyperraum-Umgehungsstraße Platz zu machen, rettet Ford seinen Freund, indem er sie beide in einen Zerstörer der Vogonen schmuggelt, die mit der Sprengung beauftragt sind. Hier erfährt Arthur zu seiner Verwunderung, daß Ford als Kundschafter für den Anhalter-Reiseführer arbeitet.

Nachdem Ford und Arthur von einer Vogonen-Wache in den Weltraum geschmissen worden sind, werden sie auf wunderbare Weise durch das »Herz aus Gold« gerettet, ein fantastisches Raumschiff, das von dem neuentwickelten Unendlichen Unwahrscheinlichkeits-Drive angetrieben wird. An Bord

macht, dem Verleger des Anhalter-Reiseführers. Auch Marvin taucht mysteriöserweise auf dem Planeten auf – gerade rechtzeitig, um Zaphod bei der Flucht vor einer Flotte tödlicher Froschstern-Krieger zu helfen. Naja, nicht ganz, denn die Krieger schleppen das ganze Gebäude, in dem Zaphod gefangensitzt, zu ihrem Heimatplaneten, um Zaphod an den Totalen Durchblicksstrudel zu verfüttern.

Als er diesen fast sicheren Tod überlebt hat, wird Zaphod auf magische Weise zur »Herz aus Gold« zurücktransportiert, die sich augenblicklich auf den Weg zu Milliways macht. Kaum haben Ford und Zaphod in dem Restaurant Platz genommen, fangen sie auch schon an, sich besinnungslos zu besaufen. Da erspäht Ford plötzlich einen alten Freund, Hotblack Desiato, den Leader von »Disaster Area«, der größten und lautesten Rockband in der Geschichte der ... äh, Geschichte.

Nach dem Essen und einer spektakulären Vorstellung vom Ende des Universums machen sich unsere Freunde zum Parkhaus von Milliways auf, um sich ein schnelles Raumschiff zu klauen. Zu ihrem Pech stehlen sie das von begegnen sie Zaphod Beeblebrox, ehemals Galaktischer Präsident und Fords Cousin, Trillian, die von Zaphod auf der Erde bei einer ziemlich öden Dinnerparty in Islington aufgegabelt wurde, und Marvin, den Paranoiden Androiden.

Gemeinsam machen sie sich zu dem legendären Planeten Magrathea auf, dem Planetenbauer-Magnaten der Galaxis, wo sie Slartibartfaß begegnen, dem Planeten-Chefdesigner. Hier erfahren sie auch, daß die Erde von transdimensionalen Wesen in Auftrag gegeben wurde, die den Erdbewohnern unter dem Namen Mäuse bekannt sind. Die Erde wurde als ein lebender Computer erbaut, der die Frage zu der Antwort liefern sollte, die »42« lautete – angeblich die Antwort auf die Frage nach dem »Leben, dem Universum und dem ganzen Rest.« Leider wurde die Erde von den Vogonen zerstört, nur Sekunden, bevor die Berechnungen der Frage beendet waren.

Nachdem sie mit Ach und Krach die galaktische Polizei besiegt haben, die hinter Zaphod und seinem gestohlenen Raumschiff her ist, wird unseren Helden langsam ein bißchen flau im Magen, und sie beschließen, zum »Milliways« – dem Restaurant am Ende des Universums – zu fahren, um einen Happen zu essen.

Auf dem Weg dorthin wird die »Herz aus Gold« von Vogonen angegriffen. Zaphod zitiert den Geist seines Urgroßvaters herbei, der ein paar mystische Manöver vollführt, von denen eins Zaphod nach Ursa Minor Beta verpflanzt, wo er sich auf die Suche nach Zarniwoop

Desiato, das so programmiert ist, daß es sich selbst ins Zentrum einer Sonne steuert – als Höhepunkt des Gigs von Disaster Area. Da die Bedienungselemente sämtlich auf Automatik stehen, benutzen Ford, Arthur u. a. das Nottransportsystem, um das Schiff zu verlassen, ehe es sein nukleares Schicksal ereilt.

Ford und Arthur materialisieren sich auf einem Schiff der Archenflotte aus Golgafrincham, das mit Frisören, Handelsvertretern, Sachbearbeitern und vielen anderen nutzlosen Zwischenhändlern ihres Heimatplaneten vollgeladen ist. Dem Schiff gelingt eine Bruchlandung auf einem Planeten, der Arthurs liebe alter Heimat, der Erde, verdächtig ähnlich sieht – Millionen von Jahren von dem Zeitpunkt entfernt, als sie von den Vogonen zerstört wurde. Dieser Verdacht bestätigt sich, als sie einen erstaunlich schön gestalteten Gletscher entdecken, der von keinem anderen als dem Magratheaner Slartibartfaß signiert ist. Die Entdeckung bringt Ford und Arthur allerdings nicht viel weiter, weil sie mit einer total nutzlosen Meute von Leuten aus Golgafrincham und einer ebenso trüben Meute primitiver Urmenschen festsitzen.

Um ihr endgültiges Schicksal, und das von Zaphod, Trillian, Slartibartfaß und Marvin, dem Paranoiden Androiden, geht es, wenn wir uns auf die Suche machen nach dem *Leben, dem Universum und dem ganzen Rest.*

DOUGLAS ADAMS ist der Erfogsautor der PER ANHALTER DURCH DIE GALAXIS-Reihe. Er ist auch wegen seiner Dirk-Gently-Bücher bekannt: DER ELEKTRISCHE MÖNCH und DER LANGE DUNKLE FÜNFUHRTEE DER SEELE. Zusammen mit John Lloyd schrieb er THE MEANING OF LIFF (deutsch – zusammen mit Sven Böttcher – DER TIEFERE SINN DES LABENZ, Das Wörterbuch der bisher unbenannten Gegenstände und Gefühle). Seine letzten Bücher sind der neueste Anhalter-Roman, EINMAL RUPERT UND ZURÜCK, und ein Reisebuch mit dem Titel DIE LETZTEN IHRER ART ... Er lebt in Islington.

In Ramsgate, England geboren, hätte JOHN CARNELL um ein Haar zur Schule gehen müssen, er zog jedoch den Nie Endenden Studiengang der Universität des Lebens vor. Zu den publizierten Werken, zu denen er steht, gehören die THE SLEEZE BROTHERS-Comics und PET SQUAD, eine Kinderbuchreihe. Zu seinen Leidenschaften gehören: Ornithologie, Trinken, Pilzesammeln, Sex, Schwimmen, mit Bäumen reden und Pferderennen (obwohl er noch nie eines geschlagen hat).

PARIS CULLINS ist ein Comic-Veteran, zu dessen Großtaten THE BLUE BEETLE und WONDER WOMAN für DC Comics und Clive Barkers HYPERKIND für Marvel gehören. Paris war ursprünglich Zeichner von Valiant Comics' Wiederbelebung von MAGNUS, ROBOT FIGHTER, und hat Zeichnungen und Figurentwürfe zu OMNI COMICS geliefert.

JOHN NYBERG, in Minneapolis (Minnesota) zur Welt gekommen, hat, ständig auf Achse in den gesamten USA, ein Nomadenleben geführt, während er seine bemerkenswerten Tuschkünste einer großen Vielzahl von Firmen zur Verfügung stellte. Vor zehn Jahren stürzte John sich Hals über Kopf auf seinen ersten Auftrag – und tuschte Steve Rude in NEXUS –, dann machte er sich an GREEN ARROW und PLASTIC MAN für DC Comics, DOOM 2099 für Marvel und die Bearbeitung von BRAM STOKERS DRACULA für Topps. John lebt mit seiner Frau Amy in New Jersey und tuscht DAS LEBEN, DAS UNIVERSUM UND DER GANZE REST, weil (unter anderen Gründen) es eins von Amys Lieblingsbüchern ist.

Der viel zu bescheidene Künstler NEIL VOKES hat in nahezu jedem Comicgenre gezeichnet, das man sich ausdenken kann – dazu in einigen, die man sich noch nicht ausgedacht hat –, und hat Spaß an allen. Gezeichnet hat er JOHNNY DEMON für Dark Horse Comics, JURASSIC PARK: RAPTOR HIJACK für Topps, CLAYPOOL'S ELVIRA: MISTRESS OF THE DARK, CONGORILLA für DC Comics und viele andere. Inzwischen ist Neil seit zehn Jahren professioneller Comicszeichner und lebt mit Frau und Tochter in New Jersey.

JOHN WORKMAN wurde am 20. Juni 1950 geboren – und dieses Datum benutzte er als Namen in einer Serie („June 2050"), die er für HEAVY METAL schuf, als er dort Art Director war. Im Laufe der letzten zwanzig Jahre war er Redakteur, Zeichner, Tuscher, Schriftsteller, Designer und Kolorist. Am berühmtesten ist wohl seine Schriftkunst, die den Weg zu jedem wichtigen Comic-Verleger gefunden hat. John lebt mit seiner Frau, seiner Tochter und einem ausgewachsenen Zoo in New Jersey.

DIGITAL CHAMELEON, von LOVERN KINDZIERSKI und CHRISTOPHER CHUCKRY geleitet, ist in vier Jahren von zwei auf dreißig Mitarbeiter angewachsen. In dieser Zeit haben sie allen wichtigen Verlagen in der Branche ihre hochkarätigen Kolorierungsdienste zukommen lassen und streben weiterhin ein noch höheres Niveau in Qualität und Leistung an. Zu den augenblicklichen Projekten gehören LEGENDS OF THE DARK KNIGHT und die SUPERMAN-Titel für DC Comics.

IN DEN UNERFORSCHTEN EINÖDEN EINES TOTAL AUS DER MODE GEKOMMENEN AUSLÄUFERS DES WESTLICHEN SPIRAL-ARMS DER GALAXIS...
...RAST EIN UNSTERBLICHES WESEN AUF DEN PRÄHISTORI-SCHEN PLANETEN ERDE ZU.
SEIN NAME IST WOWBAGGER DER UNENDLICH VER-LÄNGERTE--EIN MANN MIT BE-RUFUNG.
DER BERUFUNG, JEDEN IM UNIVERSUM ZU BE-SCHIMPFEN. (IN ALPHA-BETISCHER REIHENFOLGE NATÜRLICH.)

HÄ?
DENT?
ARTHUR PHILIP DENT?
ÄH. JA, HM...
DU BIST EIN TROTTEL. EIN KOMPLETTES ARSCHLOCH.
UNGEFÄHR ZWEI JAHRE SPÄTER, AUF DEMSELBEN PRÄHISTORISCHEN PLANETEN...
DU BIST EIN TROTTEL. EIN KOMPLETTES ARSCHLOCH.
OH!
AGHHHH!

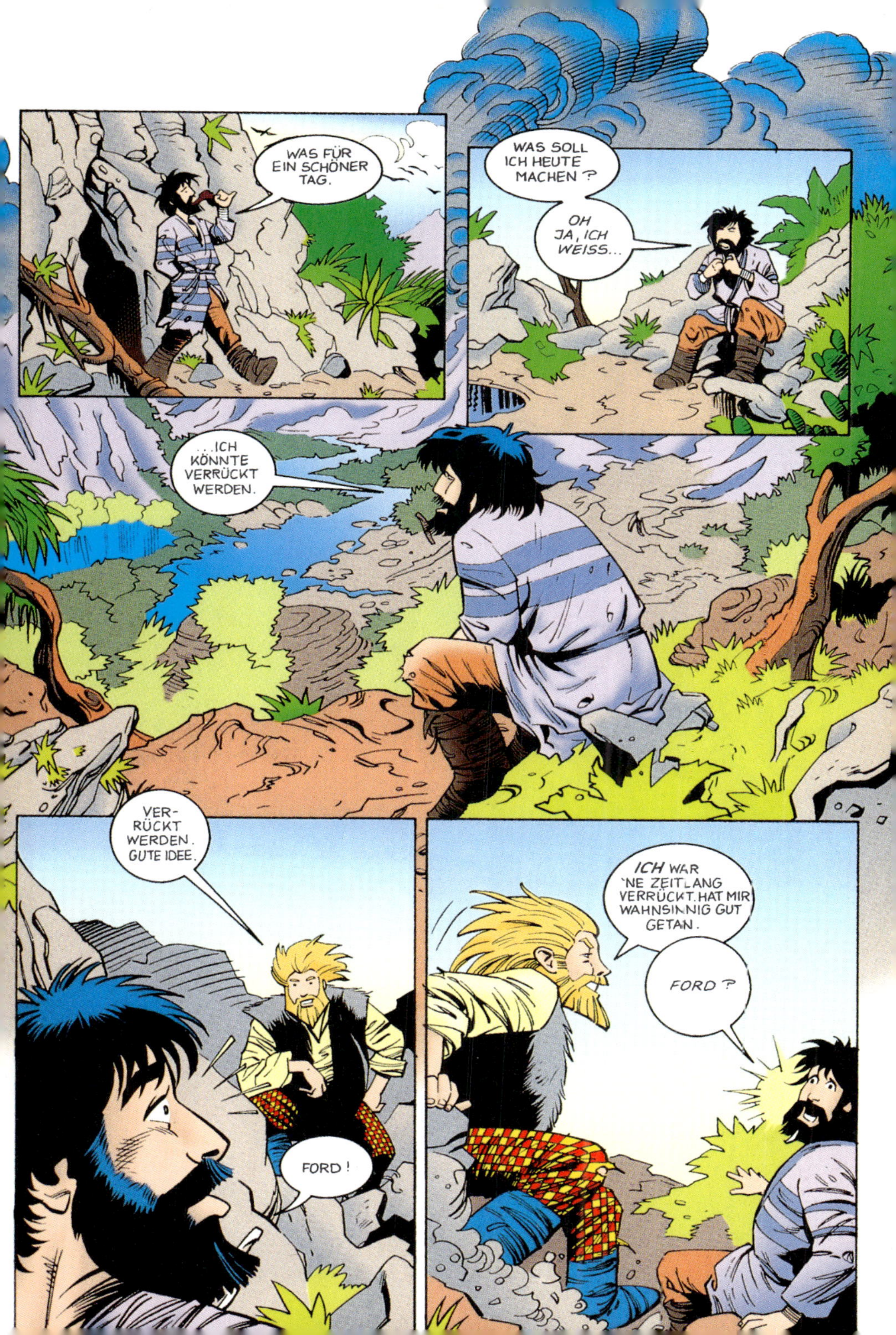
WAS FÜR EIN SCHÖNER TAG.
WAS SOLL ICH HEUTE MACHEN ?
OH JA, ICH WEISS...
...ICH KÖNNTE VERRÜCKT WERDEN.
VERRÜCKT WERDEN. GUTE IDEE.
FORD !
ICH WAR 'NE ZEITLANG VERRÜCKT. HAT MIR WAHNSINNIG GUT GETAN.
FORD ?

WO ZUM TEUFEL BIST DU GEWESEN?
MAL HIER, MAL DA, VERSTEHST DU. HAB MEINEN GEIST EINFACH FÜR 'NE WEILE AUS'M VERKEHR GEZOGEN.
ICH DACHTE MIR, WENN DIE WELT MICH DRINGEND GENUG BRAUCHT, WIRD SIE SICH SCHON MELDEN...
...UND DAS TAT SIE. KUCK MAL.
ICH DACHTE, DU WÄRST TOT.
DAS HAB ICH 'NE ZEITLANG AUCH GEDACHT.
UND DANN BESCHLOSS ICH, FÜR EIN PAAR WOCHEN EINE ZITRONE ZU SEIN, UND AMÜSIERTE MICH DAMIT, IN EIN GIN-TONIC ZU SPRINGEN UND WIEDER RAUSZUHÜPFEN.
...NAJA, ES WAR EIN KLEINER SEE, DER GLAUBTE, ER WÄRE EIN GIN-TONIC... ZUMINDEST GLAUBE ICH, ER GLAUBTE, ER WÄRE EIN GIN-TONIC.

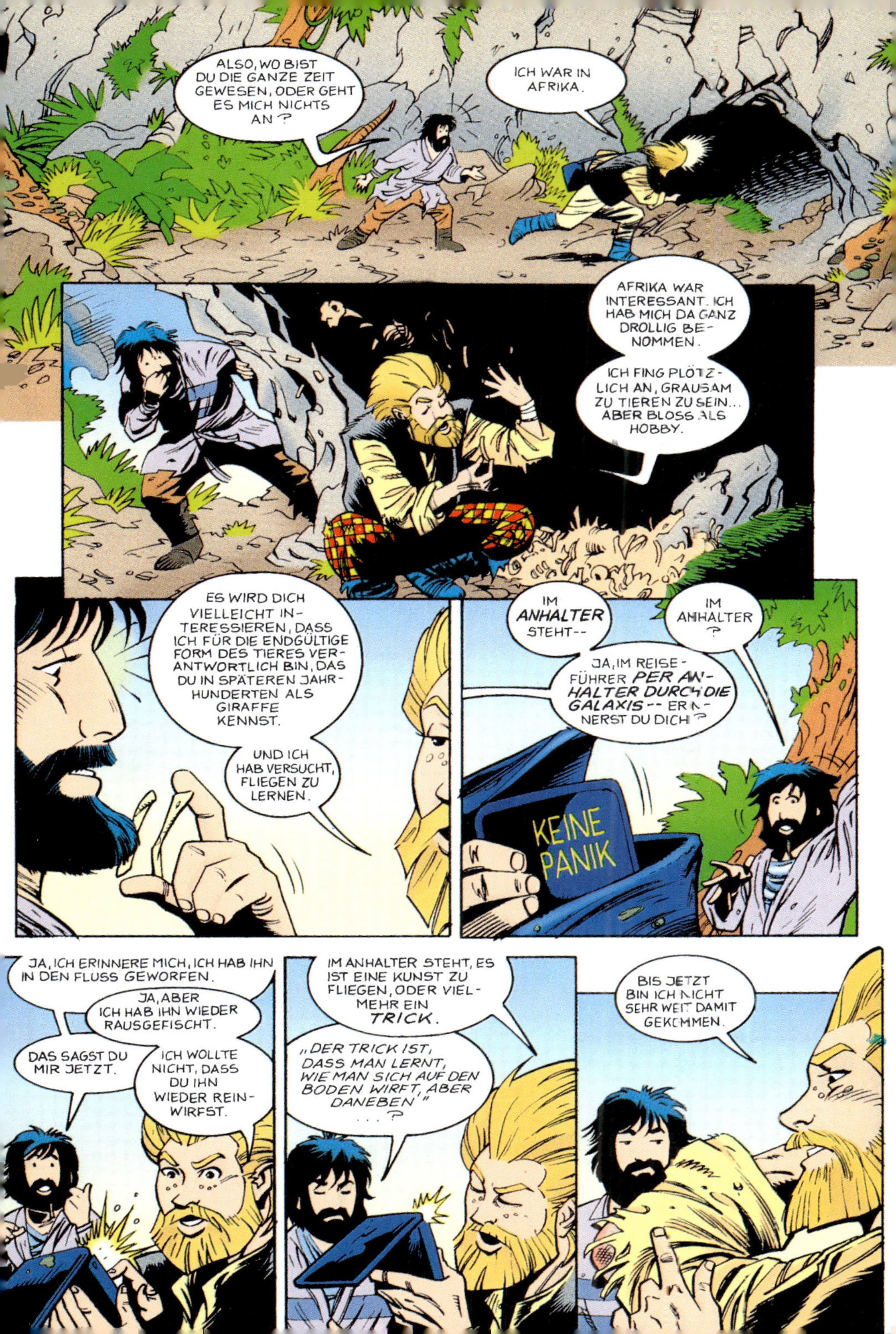

ALSO, WO BIST DU DIE GANZE ZEIT GEWESEN, ODER GEHT ES MICH NICHTS AN?
ICH WAR IN AFRIKA.
AFRIKA WAR INTERESSANT. ICH HAB MICH DA GANZ DROLLIG BE- NOMMEN.
ICH FING PLÖTZ- LICH AN, GRAUSAM ZU TIEREN ZU SEIN... ABER BLOSS ALS HOBBY.
ES WIRD DICH VIELLEICHT IN- TERESSIEREN, DASS ICH FÜR DIE ENDGÜLTIGE FORM DES TIERES VER- ANTWORTLICH BIN, DAS DU IN SPÄTEREN JAHR- HUNDERTEN ALS GIRAFFE KENNST.
UND ICH HAB VERSUCHT, FLIEGEN ZU LERNEN.
IM *ANHALTER* STEHT--
IM ANHALTER?
JA, IM REISE- FÜHRER *PER AN- HALTER DURCH DIE GALAXIS* -- ERIN- NERST DU DICH?
KEINE PANIK
JA, ICH ERINNERE MICH, ICH HAB IHN IN DEN FLUSS GEWORFEN.
JA, ABER ICH HAB IHN WIEDER RAUSGEFISCHT.
DAS SAGST DU MIR JETZT.
ICH WOLLTE NICHT, DASS DU IHN WIEDER REIN- WIRFST.
IM ANHALTER STEHT, ES IST EINE KUNST ZU FLIEGEN, ODER VIEL- MEHR EIN *TRICK*.
„DER TRICK IST, DASS MAN LERNT, WIE MAN SICH AUF DEN BODEN WIRFT, ABER DANEBEN“ ...?
BIS JETZT BIN ICH NICHT SEHR WEIT DAMIT GEKOMMEN.

UND SO...
WAS IST EIGENTLICH AUS DEN LEUTEN AUS GOLGAFRINCHAM GEWORDEN?
VIELE HABEN DEN WINTER VOR DREI JAHREN NICHT ÜBERSTANDEN.
DIE WENIGEN, DIE ES IM FRÜHJAHR NOCH GAB, SAGTEN, SIE HÄTTEN FERIEN NÖTIG, UND HAUTEN MIT EINEM FLOSS AB.
ARTHUR -- ICH HABE STÖRUNGEN IM STRUDEL ENTDECKT, VERSTEHST DU.
IM STRUDEL?
IM RAUM-ZEIT-STRUDEL.
MEINST DU DAMIT SO WAS WIE EINEN VOGONEN-APFEL-KUCHEN, ODER WAS?
EDDY IM RAUM-ZEIT-KONTINUUM.
EDDY WER?
HÖR ZU... ES SCHEINT... EIN PAAR STELLEN ZU GEBEN... WO DAS GEWEBE... NICHT GANZ FEST IST...
HÄ?
...DAS GEWEBE VON ZEIT UND RAUM!
ES SCHWIRRT EINE STÖRUNG IM RAUM-ZEIT-GEWEBE RUM, UND DIE IST IRGENDWO IN UNSERER NÄHE.
OH!
FORD, WARUM IST DA EIN SOFA AUF DER WIESE?

HAB ICH DIR DOCH GESAGT! EDDY IM RAUM-ZEIT-KONTINUUM.
UND DAS IST SEIN SOFA?
DIESES SOFA IST DA WEGEN DER STÖRUNG IM RAUM-ZEIT-KONTINUUM, DIE ICH DIR KLARZUMACHEN VERSUCHT HABE.
ES IST AUS DEM KONTINUUM GETRUDELT. ES IST RAUM-ZEIT-STRANDGUT.
WIR MÜSSEN ES FANGEN!
NUR SO KOMMEN WIR HIER WEG!
WENIGSTENS... AUSNAHMSWEISE MAL LÄUFT ALLES GENAU WIE GEPLANT ...
...VOR 'NER HALBEN STUNDE HATTE ICH BESCHLOSSEN, VOLLKOMMEN VERRÜCKT ZU WERDEN, UND NUN GUCK MICH MAL AN.

WICHTIGE FAKTEN AUS DER GALAKTISCHEN GESCHICHTE NR. 1
DER NACHTHIMMEL ÜBER DEM PLANETEN KRIKKIT IST DER STUMPFSINNIGSTE ANBLICK IM GANZEN UNIVERSUM.
UNTERDESSEN... AUF DEM PLANETEN ERDE IM 20. JAHRHUNDERT...
WIR SIND HIER BEIM SPITZENSPIEL AUF LORD'S CRICKET GROUND, UND ES SIEHT SO AUS, ALS KÖNNTE ENGLAND AUSTRALIEN DEN SIEG ABJAGEN.
WHUUURP
TJA, DAS IST EIN INTERESSANTER ZWISCHENFALL, BRIAN.
ICH GLAUBE, ES HAT KEINE RÄTSELHAFTEN MATERIALISIERUNGEN AUF DEM KRICKETRASEN MEHR GEGEBEN SEIT, OH, SEIT...
EDGBASTON 1932, PETER?

WAS IST DENN DAMALS PASSIERT, BRIAN ?
TJA, PETER, CANTER WOLLTE GERADE GEGEN WILCOX VON DER PAVILLONSEITE HER WERFEN, DA RANNTE PLÖTZLICH EIN ZUSCHAUER MITTEN ÜBER DEN RASEN.
WÜRDE MAN ABER DOCH KAUM EINE MATERIALISIERUNG NENNEN, ODER, BRIAN ?
NEIN, SICHER. ABER DER MANN BEHAUPTETE, ER HÄTTE ETWAS AUF DEM RASEN SICH MATERIALISIEREN SEHEN.
ACH, WIRKLICH ?
JA, EIN KROKODIL, GLAUBE ICH, EINER GANZ BESTIMMTEN SPEZIES.
DIEJENIGEN VON IHNEN, DIE GERADE EINGESCHALTET HABEN, WIRD VIELLEICHT INTERESSIEREN, DASS, ÄH, ZWEI ZIEMLICH SCHÄBIG GEKLEIDETE MÄNNER...
...UND EIN CHESTERFIELD-SOFA SICH SOEBEN MITTEN AUF LORD'S CRICKET GROUND MATERIALISIERT HABEN...
'SCHULDIGUNG, DARF ICH KURZ UNTERBRECHEN, PETER ? ABER DAS SOFA IST EBEN VERSCHWUNDEN.
TATSÄCHLICH. TROTZDEM IST DAS ENTSCHIEDEN WAS FÜR DIE REKORDBÜCHER.

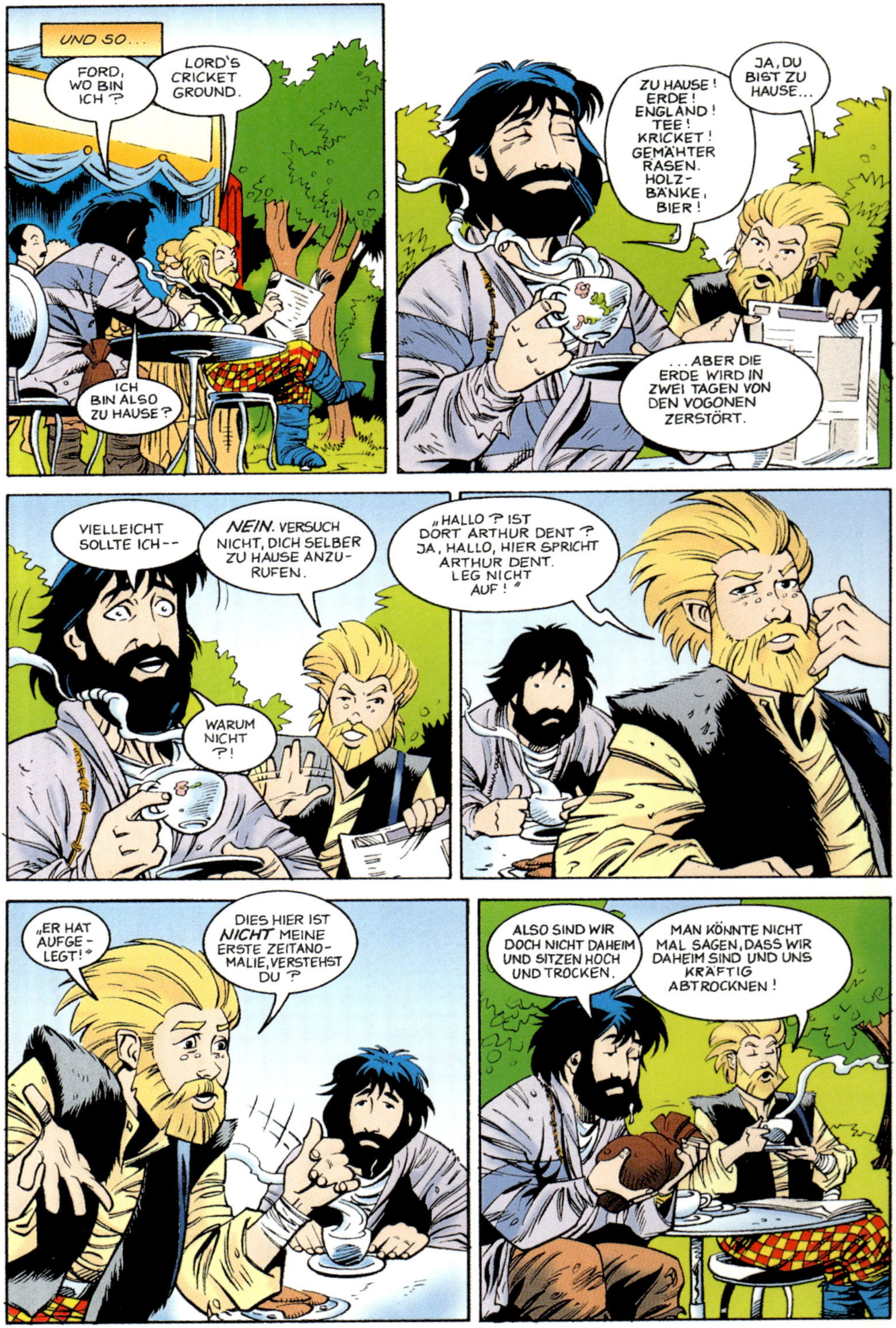
UND SO...
FORD, WO BIN ICH?
LORD'S CRICKET GROUND.
ICH BIN ALSO ZU HAUSE?
ZU HAUSE! ERDE! ENGLAND! TEE! KRICKET! GEMÄHTER RASEN. HOLZBÄNKE, BIER!
JA, DU BIST ZU HAUSE...
...ABER DIE ERDE WIRD IN ZWEI TAGEN VON DEN VOGONEN ZERSTÖRT.
VIELLEICHT SOLLTE ICH--
NEIN. VERSUCH NICHT, DICH SELBER ZU HAUSE ANZURUFEN.
WARUM NICHT?!
„HALLO? IST DORT ARTHUR DENT? JA, HALLO, HIER SPRICHT ARTHUR DENT. LEG NICHT AUF!"
„ER HAT AUFGELEGT!"
DIES HIER IST NICHT MEINE ERSTE ZEITANOMALIE, VERSTEHST DU?
ALSO SIND WIR DOCH NICHT DAHEIM UND SITZEN HOCH UND TROCKEN.
MAN KÖNNTE NICHT MAL SAGEN, DASS WIR DAHEIM SIND UND UNS KRÄFTIG ABTROCKNEN!

FORD, DAS HIER IST NICHT MEIN BEUTEL. ER SIEHT DEM SEHR ÄHNLICH, DEN ICH MAL HATTE, ABER...
...DAS IST AUCH NICHT MEIN HANDTUCH. ICH HATTE EIN GOLGAFRINCHANISCHES JOGGING-HANDTUCH -- BLAU, MIT GELBEN STERNEN.
UND DAS SIND AUCH NICHT MEINE STEINE. MEINE STEINE WAREN INTERESSANT, DIE HIER SIND EINFACH LANGWEILIG...
OKAY, MIR IST KLAR, DASS DAS WAHRSCHEINLICH NICHT WICHTIG IST, JEDENFALLS KOSMISCH GESEHEN...
ES IST BLOSS SELTSAM, DAS IST ALLES.
FORD! WAS IN ALLER WELT MACHST DU DA?

WOOOOOO
STRIKE
ALSO, ICH WÜRDE SAGEN, DAS EBEN WAR DOCH AUCH SEHR SONDER-BAR.
ER IST NICHT HIER. ER IST IRGENDWO DA RÜBER-GEROLLT, GLAUBE ICH.
ALLES OKAY, MISTER?
NEIN.
OI! WIE IST 'N IHR NAME?
DENT. ARTHUR DENT.
SIE SIND EIN TROTTEL, DENT. EIN KOMPLETTES ARSCHLOCH!

DA DRÜBEN IST EIN P.A.L.
EIN WAS?
EIN P.A.L. EIN PROBLEM ANDERER LEUTE!
ACH, SO.
DA DRÜBEN, HINTER DER WAND -- EIN P.A.L. KANNST DU'S SEHEN?
ICH DACHTE, DU HÄTTEST GESAGT, ES WÄRE DAS PROBLEM ANDERER LEUTE?
STIMMT!
KANNST DU ES SEHEN?
WIE SIEHT'S DENN AUS?
WIE ZUM TEUFEL SOLL ICH DAS WISSEN?
EIN P.A.L. IST ETWAS, DAS WIR NICHT SEHEN KÖNNEN, ODER UNSER GEHIRN LÄSST ES UNS NICHT SEHEN, WEIL WIR DENKEN, ES IST DAS PROBLEM ANDERER LEUTE.
DAS GEHIRN SCHNEIDET ES EINFACH RAUS WIE EINEN BLINDEN FLECK.

WENN DU ES DIREKT ANSIEHST, SIEHST DU ES NICHT, ES SEI DENN, DU WEISST GENAU, WAS ES IST.
ICH SEH`S.
ES IST EIN RAUM-SCHIFF.
AUFREGEND, NICHT ?

DEINE MANNSCHAFT HAT EBEN GEWONNEN. DAS BEDEUTET, SIE BEHALTEN DEN POKAL. DAS MUSS DICH DOCH SEHR FREUEN.
W...W...W...!?!?
ICH MUSS SAGEN, ICH FINDE KRICKET ZIEMLICH TOLL, ICH MÖCHTE ALLERDINGS NICHT, DASS DAS AUSSERHALB DIESES PLANETEN JEMAND HÖRT. DU MEINE GÜTE, NEIN.
?!?
HI, SLARTIBARTFASS. IST DAS DEIN SCHIFF? KANNST DU UNS IRGENDWOHIN MITNEHMEN?
ES IST JA BLOSS, DASS DIE ERDE IN ZWEI TAGEN ZERSTÖRT WERDEN WIRD, UND...
...WENN WIR NICHT BALD ABHAUEN, KÖNNTEN WIR WIEDER MITTEN IN DEM GANZEN KÄSE SITZEN.
UND NICHTS DEPRIMIERT MICH MEHR, ALS ZU SEHEN, WIE EIN PLANET ZERSTÖRT WIRD...
...ODER BEI KRICKETSPIELEN RUMZUHÄNGEN.
GEDULD. GROSSE DINGE STEHEN BEVOR.
DAS HAST DU LETZTES MAL AUCH GESAGT, ALS WIR UNS TRAFEN!
UND SO WAR'S AUCH.

WAS IN DREI ZARKENDER FÜERWARKS NAMEN IST DA LOS?
TJA, DER CAPTAIN DER ENGLISCHEN MANNSCHAFT KRIEGT GLEICH DEN POKAL ÜBERREICHT -- THE ASHES MIT DEN ÜBERRESTEN EINES KRICKETTORSTABES, DER 1882 IN MELBOURNE VERBRANNT WURDE...
...UM DEN TOD DES ENGLISCHEN KRICKETS ZU PROKLAMIEREN.
SIEHT AUS, ALS WOLLTE ER, DASS SIE IHM DEN POKAL GEBEN.
SAGT SOWAS WIE, ER WÄR VON HÖCHSTER BEDEUTUNG FÜR DIE VERGANGENE, GEGENWÄRTIGE UND ZUKÜNFTIGE SICHERHEIT DER GALAXIS.
WAP

FAUG BOOM KA-BOOM BOOM
AUGGH!
HALT DICH FEST, IRGENDWAS SCHEINT ZU PASSIEREN.
DAS IST NICHT MEIN PLANET! ICH WILL NICHTS DAMIT ZU TUN HABEN. BRINGT MICH BLOSS WEG HIER UND AUF 'NE PARTY... MIT LEUTEN, MIT DENEN ICH WAS ANFANGEN KANN!

NA, DIE ÜBERNATÜRLICHE BRIGADE SCHEINT JA HEUTE HIER ZAHLREICH AUFGEKREUZT ZU SEIN, BRIAN.
BANG & OLUFSEN
SWAK
AAGGHHH
KA-BOOM

SIE HABEN IHN! SIE HABEN IHN!
SIE HABEN DIE ASCHE.
WAS HAT ER GESAGT?
FOOP
ER SAGT, SIE HABEN DEN POKAL MIT DER ASCHE, DIE VERBRANNTEN ÜBERRESTE DES KRICKET-TORSTABES, WOVON ICH DIR ZU ERZÄHLEN VERSUCHT HABE.
MERKWÜRDIGE MITTEILUNG.
MERKWÜRDIGE BEUTE.
MERKWÜRDIGES RAUMSCHIFF!
JA, ICH WEISS, ABER DAS HAT EINEN GRUND.
JETZT SCHNELL, WIR MÜSSEN LOS. DER ALTE BÖSE GEIST IST WIEDER DA. VERDERBEN DROHT UNS ALLEN.
ICH WÜRDE GERN IN DIE SONNE GEHEN.

AAAUUUGGHHH
NEEEIIN. NEIN.
ARTHUR PHILIP DEODAT?
JA?
DU BIST EINE NICHTS-NUTZIGE DOOFE NULL.
ICH DACHTE, DAS SOLLTEST DU WISSEN, EHE DU ABKRATZT.

WICHTIGE FAKTEN AUS DER GALAKTISCHEN GESCHICHTE NR. 2
SEIT BEGINN DIESER GALAXIS HABEN ZAHLLOSE KULTUREN SO OFT IHREN AUFSTIEG UND NIEDERGANG ERLEBT, DASS DER GEDANKE RECHT VERFÜHRERISCH IST, DAS LEBEN IN DER GALAXIS BEDEUTE...
...(A) SO WAS ÄHNLICHES WIE SEEKRANKHEIT, RAUMKRANKHEIT, ZEITKRANKHEIT, GESCHICHTSKRANKHEIT ODER DERGLEICHEN...
VOGONEN-SCHIFF
KABOOM
PLANET ERDE (EHEMALIG)
EXPLOSION
...UND (B) STUMPFSINN.

NETTES TRIEBWERK! DANEBEN WIRKT DIE HERZ AUS GOLD WIE 'N ELEKTRISCHER KINDERWAGEN. ABER DIE INNENAUSSTATTUNG IST 'NE SCHANDE.
WAS HAST DU GESAGT?
DIE INNENAUS-STATTUNG... IGITT-IGITT.
TIEF IM INNERSTEN KERN VON GEIST UND UNIVERSUM GIBT ES EINEN GRUND DAFÜR.

WIE WEIT SIND WIR SCHON GEFLOGEN?
GROB GESAGT, ETWA ZWEI DRITTEL DURCH DIE GALAXIS.
WO FLIEGEN WIR HIN?
WIR WOLLEN EINEM URALTEN BÖSEN GEIST DES UNIVERSUMS DIE STIRN BIETEN.
UND WO SETZT DU UNS AB? IRGENDWO, WO WIR UNS BESAUFEN UND IRGENDWELCHE ÄUSSERST BÖSARTIGE MUSIK HÖREN KÖNNEN, HOFFE ICH.
ICH WERDE EURE HILFE BRAUCHEN.
HE, *ECCENTRICA GALLUMBITS!* BIST DU IHR MAL BEGEGNET-- DER DREIBRÜSTIGEN HURE VON EROTIKON SECHS?
EIN FLUCH HAT SICH AUS DEN NEBELN DER ZEIT ERHOBEN...
...EIN FLUCH, DER DIE GALAXIS MIT FEUER UND ZERSTÖRUNG ÜBERZIEHEN UND MÖGLICHERWEISE DAS UNIVERSUM IN EIN VORZEITIGES ENDE STÜRZEN WIRD.
MANCHE LEUTE SAGEN, IHRE EROGENEN ZONEN FANGEN SCHON VIER MEILEN VOR IHREM EIGENTLICHEN KÖRPER AN...
ICH SEHE DAS ANDERS. *ICH SAGE, ES SIND FÜNF...*

ARTHUR, WIR FLIEGEN RAUS IN DIE GALAXIS, UM 'N BISSCHEN SPASS ZU HABEN. FÜHLST DU DICH DEM GEWACHSEN ?
WORÜBER IST SLARTIBARTFASS DENN SO BEKÜMMERT ?
ÜBER NICHTS!
DAS VERHÄNGNIS!
KOMMT, ES GIBT VIELES, WAS ICH EUCH ZEIGEN UND ERZÄHLEN MUSS.
MEIN ARZT SAGT, ICH HABE EINE MISSGEBILDETE BÜRGERPFLICHTENDRÜSE UND EINE ANGEBORENE SCHWÄCHE AM MORALISCHEN RÜCKGRAT...
UND DESHALB BIN ICH VON DER RETTUNG VON UNIVERSEN FREIGESTELLT.
ES SIEHT AUS WIE 'N WITZ.
DER ZENTRALE COMPUTERBEREICH. JA, ICH WEISS, WIE ER AUSSIEHT...
...ABER IN WIRKLICHKEIT IST DAS EIN HOCHKOMPLIZIERTER, DIMENSIONALER GELÄNDEPLAN EINER REIHE HOCHKOPLIZIERTER MATHEMATISCHER FUNKTIONEN.
BISTROMATHIK. DIE GEWALTIGSTE COMPUTERSTÄRKE, DIE DER PARAWISSENSCHAFT BEKANNT IST.
KOMMT. DER RAUM DER INFORMATIONSILLUSIONEN ERWARTET UNS.

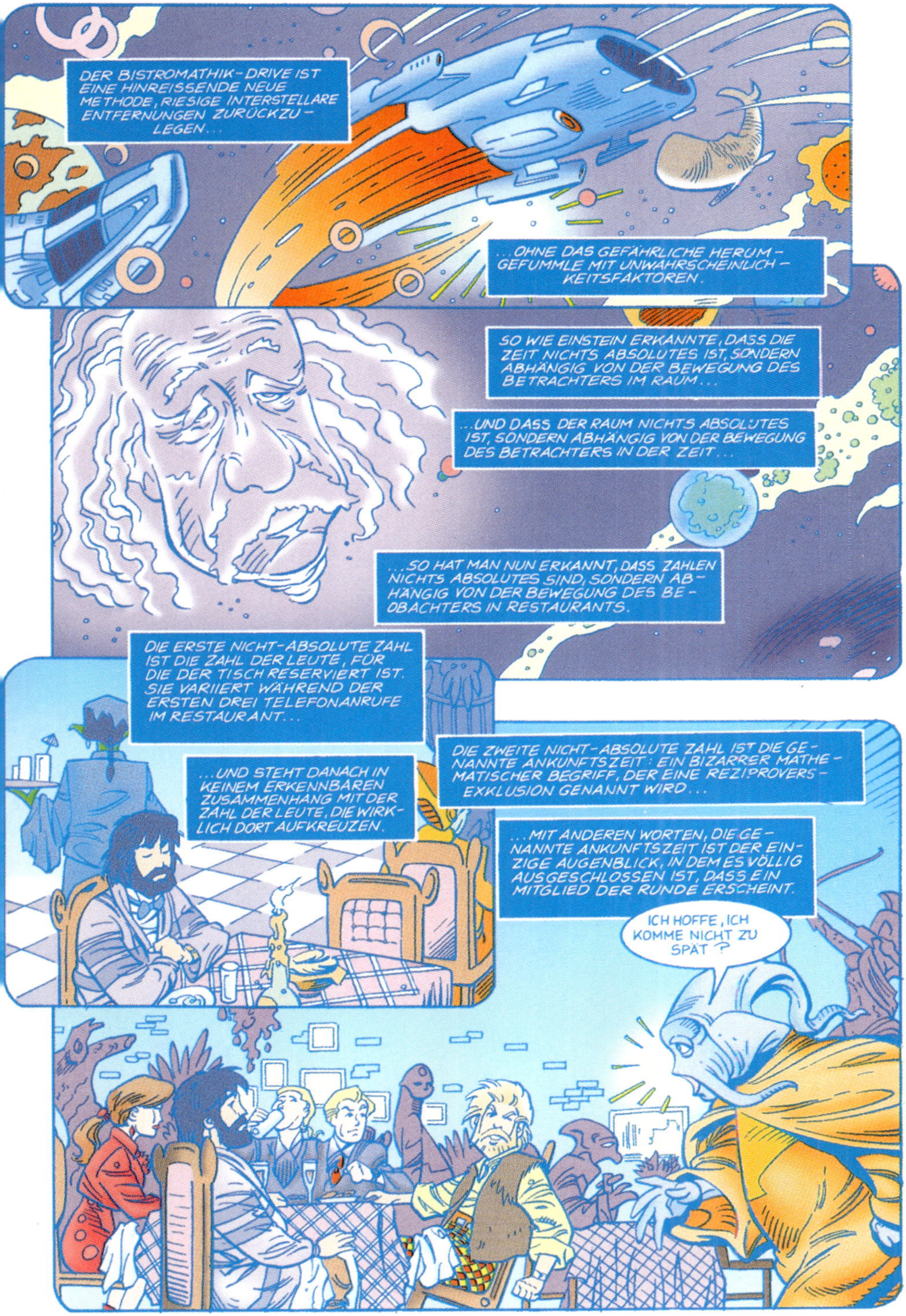

DER BISTROMATHIK-DRIVE IST EINE HINREISSENDE NEUE METHODE, RIESIGE INTERSTELLARE ENTFERNUNGEN ZURÜCKZU-LEGEN...
...OHNE DAS GEFÄHRLICHE HERUM-GEFUMMLE MIT UNWAHRSCHEINLICH-KEITSFAKTOREN.
SO WIE EINSTEIN ERKANNTE, DASS DIE ZEIT NICHTS ABSOLUTES IST, SONDERN ABHÄNGIG VON DER BEWEGUNG DES BETRACHTERS IM RAUM...
...UND DASS DER RAUM NICHTS ABSOLUTES IST, SONDERN ABHÄNGIG VON DER BEWEGUNG DES BETRACHTERS IN DER ZEIT...
...SO HAT MAN NUN ERKANNT, DASS ZAHLEN NICHTS ABSOLUTES SIND, SONDERN AB-HÄNGIG VON DER BEWEGUNG DES BE-OBACHTERS IN RESTAURANTS.
DIE ERSTE NICHT-ABSOLUTE ZAHL IST DIE ZAHL DER LEUTE, FÜR DIE DER TISCH RESERVIERT IST. SIE VARIIERT WÄHREND DER ERSTEN DREI TELEFONANRUFE IM RESTAURANT...
...UND STEHT DANACH IN KEINEM ERKENNBAREN ZUSAMMENHANG MIT DER ZAHL DER LEUTE, DIE WIRK-LICH DORT AUFKREUZEN.
DIE ZWEITE NICHT-ABSOLUTE ZAHL IST DIE GE-NANNTE ANKUNFTSZEIT: EIN BIZARRER MATHE-MATISCHER BEGRIFF, DER EINE REZIPROVERS-EXKLUSION GENANNT WIRD...
...MIT ANDEREN WORTEN, DIE GE-NANNTE ANKUNFTSZEIT IST DER EIN-ZIGE AUGENBLICK, IN DEM ES VÖLLIG AUSGESCHLOSSEN IST, DASS EIN MITGLIED DER RUNDE ERSCHEINT.
ICH HOFFE, ICH KOMME NICHT ZU SPÄT?

DER DRITTE UND ALLERRÄTSELHAFTESTE FALL VON NICHT-ABSOLUTHEIT IST DAS VERHÄLTNIS ZWISCHEN DER ANZAHL DER POSTEN AUF DER RECHNUNG, DEM PREIS JEDES POSTENS ...
... DER ANZAHL DER LEUTE AM TISCH UND DEM, WAS JEDER ZU ZAHLEN BEREIT IST.
DIE ANZAHL DER LEUTE, DIE ÜBERHAUPT GELD MITGEBRACHT HABEN, IST NUR EIN UNTERPHÄNOMEN IN DIESEM GEBIET.
DIE VERBLÜFFENDEN UNSTIMMIGKEITEN, DIE AN DIESER STELLE ÜBLICHERWEISE AUFTRATEN, BLIEBEN UNERFORSCHT, BIS, MIT DEM AUFKOMMEN VON TASCHENRECHNERN ...
... MAN ENDLICH DAHINTERKAM, DASS ZAHLEN, DIE INNERHALB DER GRENZEN VON RESTAURANTS AUF RESTAURANTRECHNUNGEN GESCHRIEBEN WERDEN, NICHT DENSELBEN MATHEMATISCHEN GESETZEN GEHORCHEN ...
... WIE ZAHLEN, DIE IN ALLEN ANDEREN GEGENDEN DES UNIVERSUMS AUF ALLE ANDEREN STÜCKE PAPIER GESCHRIEBEN WERDEN.
AUF DIESE ERKENNTNIS HIN WURDEN MATHEMATISCHE KONFERENZEN IN SO VORZÜGLICHEN RESTAURANTS ABGEHALTEN, DASS VIELE DER HERVORRAGENDSTEN GEISTER EINER GANZEN GENERATION ...
... AN FETTLEIBIGKEIT STARBEN, WOMIT DIE WISSENSCHAFT DER MATHEMATIK UM JAHRE ZURÜCKGEWORFEN WURDE.

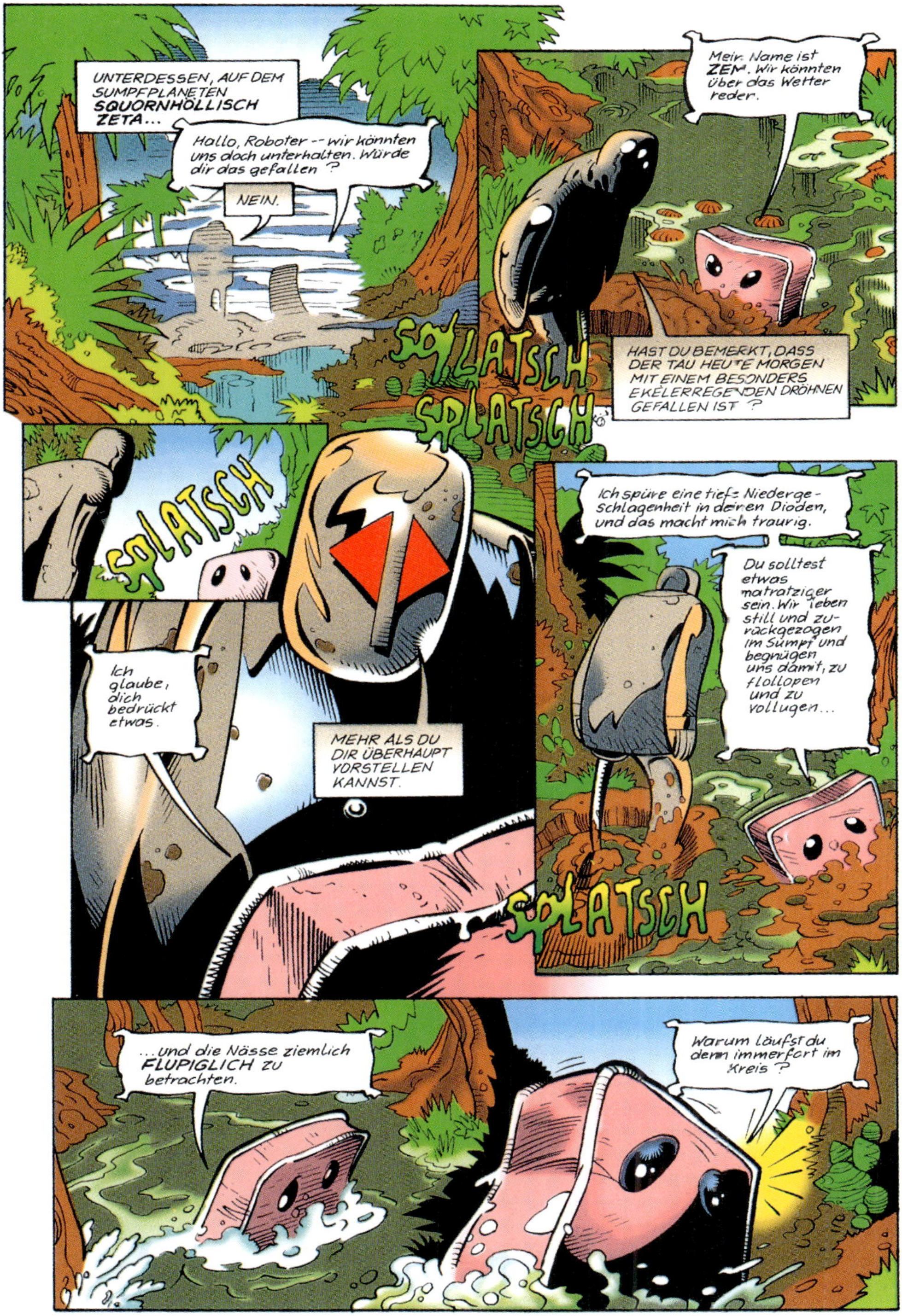
UNTERDESSEN, AUF DEM SUMPFPLANETEN **SQUORNHÖLLISCH ZETA**...
Hallo, Roboter -- wir könnten uns doch unterhalten. Würde dir das gefallen?
NEIN.
Mein Name ist **ZEM**. Wir könnten über das Wetter reden.
SPLATSCH
SPLATSCH
HAST DU BEMERKT, DASS DER TAU HEUTE MORGEN MIT EINEM BESONDERS EKELERREGENDEN DRÖHNEN GEFALLEN IST?
SPLATSCH
Ich glaube, dich bedrückt etwas.
MEHR ALS DU DIR ÜBERHAUPT VORSTELLEN KANNST.
Ich spüre eine tiefe Niedergeschlagenheit in deinen Dioden, und das macht mich traurig.
Du solltest etwas matratziger sein. Wir leben still und zurückgezogen im Sumpf und begnügen uns damit, zu flollopen und zu vollugen...
SPLATSCH
...und die Nässe ziemlich **FLUPIGLICH** zu betrachten.
Warum läufst du denn immerfort im Kreis?

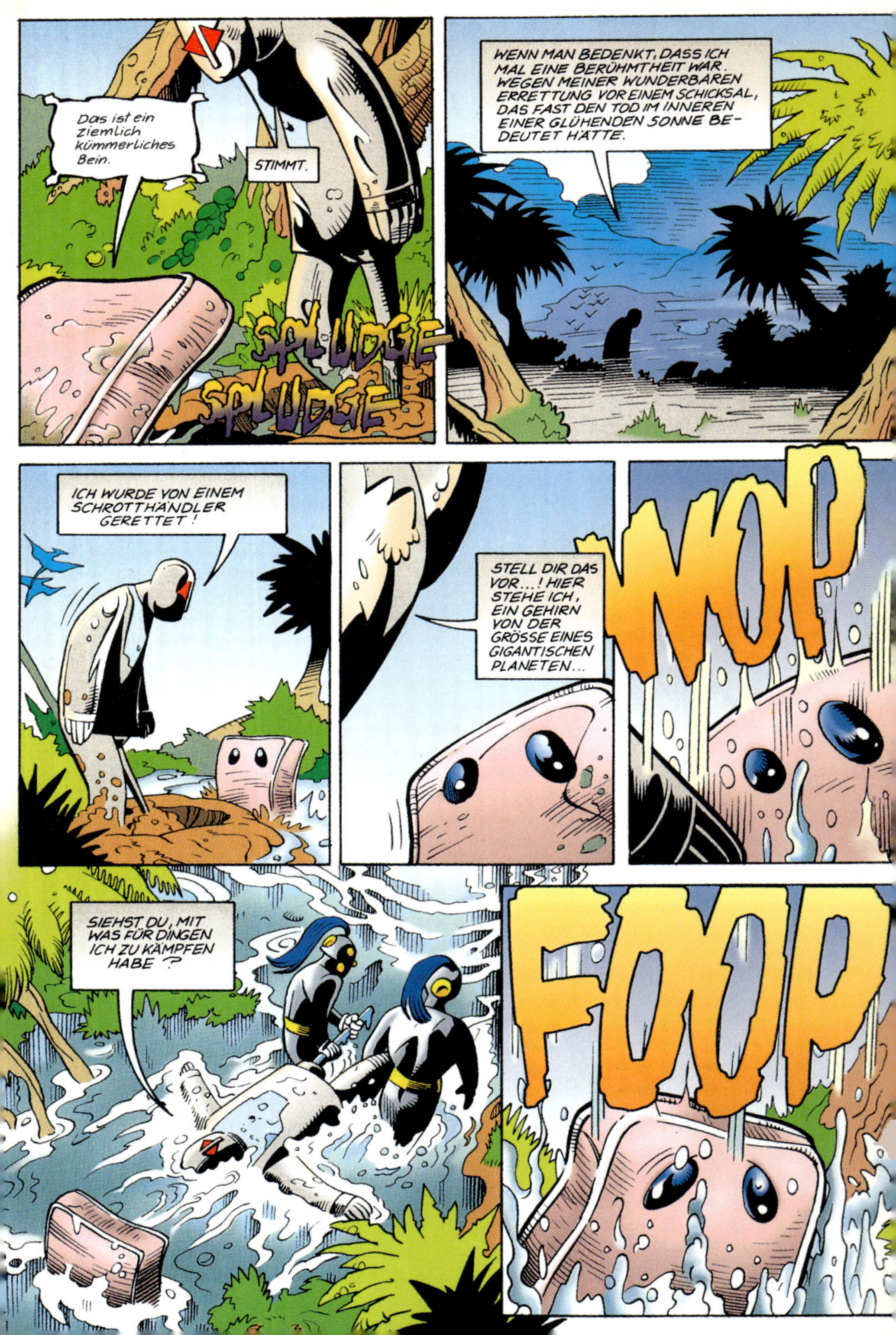
Das ist ein ziemlich kümmerliches Bein.
STIMMT.
SPLUDGE SPLUDGE
WENN MAN BEDENKT, DASS ICH MAL EINE BERÜHMTHEIT WAR. WEGEN MEINER WUNDERBAREN ERRETTUNG VOR EINEM SCHICKSAL, DAS FAST DEN TOD IM INNEREN EINER GLÜHENDEN SONNE BEDEUTET HÄTTE.
ICH WURDE VON EINEM SCHROTTHÄNDLER GERETTET!
STELL DIR DAS VOR...! HIER STEHE ICH, EIN GEHIRN VON DER GRÖSSE EINES GIGANTISCHEN PLANETEN...
WOP
SIEHST DU, MIT WAS FÜR DINGEN ICH ZU KÄMPFEN HABE?
FOOP

WIEDER IM RAUM DER INFORMATIONS-ILLUSIONEN...
KA BOOOM
KA BOOOM
KA BOOOM
KRIIIPP
DAS ALSO WAREN DIE KRIKKIT-KRIEGE, DIE GEWALTIGSTE VERHEERUNG, DIE UNSERE GALAXIS JE HEIMGESUCHT HAT.
UND LASST UNS NICHT VERGESSEN...
DAS IST BLOSS EIN DOKUMENTARFILM. DAS IST GERADE KEINE GUTE STELLE, TUT MIR LEID. VERSUCHE, DEN RÜCKSPULKNOPF ZU FINDEN.
...DASS VOR DEN KRIKKIT-KRIEGEN DIE GALAXIS SO TOLL UND WUNDERVOLL WAR...
...EINE GLÜCKLICHE GALAXIS.
LASST EUCH JETZT BLOSS NICHT DRAUF EIN, IRGENDWAS ZU KAUFEN.

EINE GLÜCKLICHE GALAXIS, MEINE FREUNDE, WIE SIE SICH IN DIESEM SYMBOL, DEM WIKKIT-TOR, DARSTELLTE.
DIE DREI SÄULEN... DIE STÄHLERNE SÄULE, WELCHE DIE MACHT UND STÄRKE DER GALAXIS DARSTELLT...
...DIE PLEXIGLAS-SÄULE, WELCHE DIE BEDEUTUNG VON WISSENSCHAFT UND VERNUNFT IN DER GALAXIS DAR-STELLT...
UND DIE HÖLZERNE SÄULE, WELCHE DIE KRÄFTE VON NATUR UND GEIST DARSTELLT...
DIESE SÄULEN TRAGEN ZWISCHEN SICH DEN GOLDENEN QUERSTAB DES REICH-TUMS UND DEN SILBER-NEN QUERSTAB DES FRIEDENS!
ES GIBT KEINE EINZIGE ZIVILISIERTE WELT, AUF DER DIESES SYMBOL NICHT AUCH HEUTE NOCH VEREHRT WIRD. SELBST AUF PRIMI-TIVEN STERNEN LEBT ES IM VOLKSGEDÄCHTNIS WEITER.
DAS WAR ES, WAS DIE TRUPPEN VON KRIKKIT ZERSTÖRTEN...
...UND NUN IHRE WELT EIN-SPERRT...
...BIS ANS ENDE DER EWIGKEIT.

DIES IST NATÜRLICH NICHT DAS ORIGINAL. DAS WURDE ZERSTÖRT UND IN DIE EWIG WIRBELNDEN STRUDEL DES RAUM-ZEIT-KONTINUUMS VERSPRENGT UND GING FÜR IMMER VERLOREN...
DIES HIER IST EINE BEMERKENSWERTE NACHBILDUNG, VON GESCHICKTEN KÜNSTLERN HANDGEARBEITET... EIN ANDENKEN, DAS IHR VOLL STOLZ BESITZEN WERDET...
HAB DEN RÜCKSPULKNOPF GEFUNDEN. NICHT NICKEN, DAS IST ALLES.
NUN WOLLEN WIR ZUM KAUF DIE KÖPFE NEIGEN.
KLIK
KAPIERT, WORUM'S GEHT?
ICH BIN ERSTAUNT UND VERBLÜFFT.
ICH HAB GESCHLAFEN. HAB ICH WAS VERPASST?
DAS HIER WERDE ICH EUCH SELBST ERZÄHLEN.
HIER FING EINST ALLES AN. DIES IST KRIKKIT.

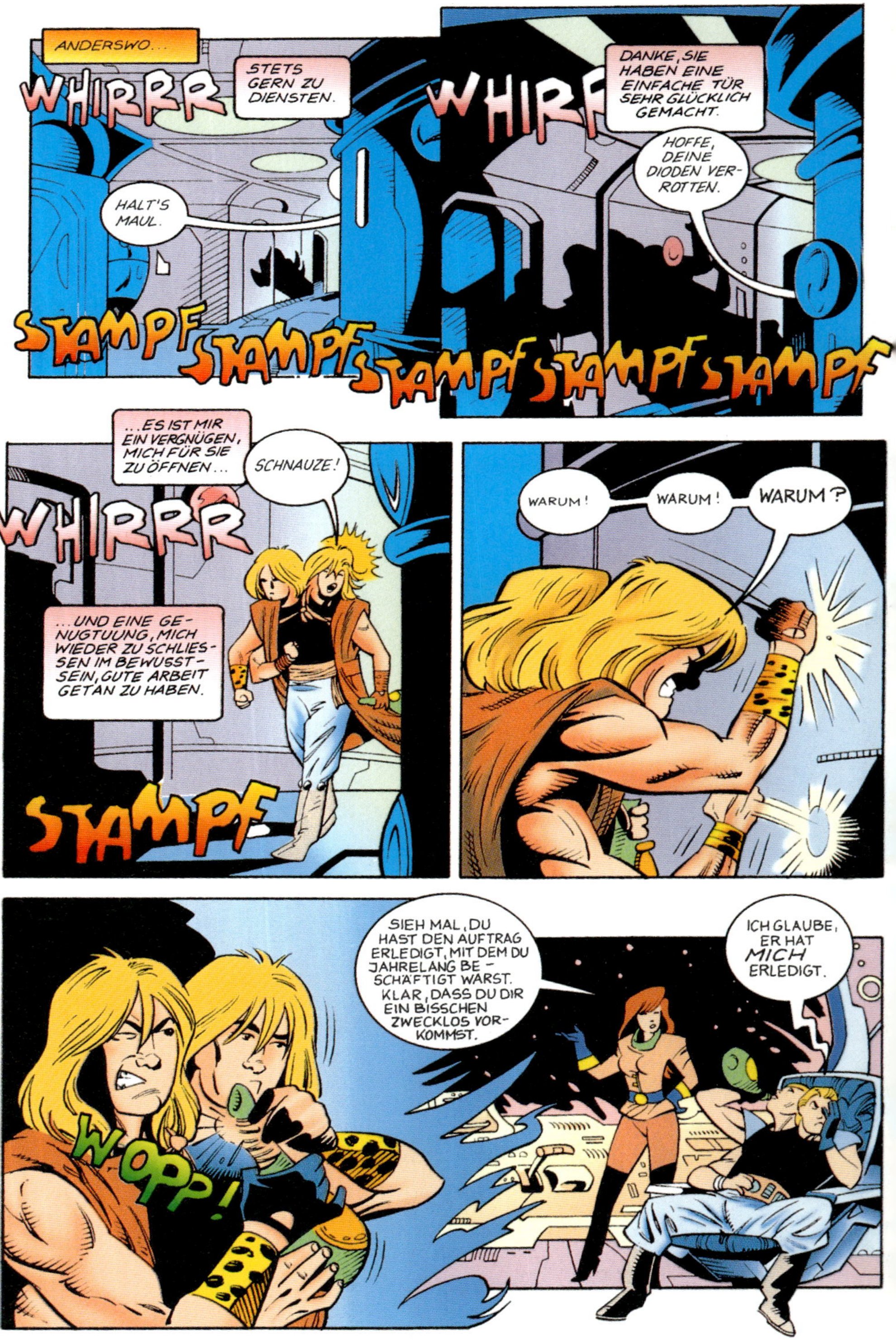
ANDERSWO...
WHIRRR
STETS GERN ZU DIENSTEN.
HALT'S MAUL.
WHIRR
DANKE, SIE HABEN EINE EINFACHE TÜR SEHR GLÜCKLICH GEMACHT.
HOFFE, DEINE DIODEN VERROTTEN.
STAMPF STAMPF STAMPF STAMPF STAMPF
...ES IST MIR EIN VERGNÜGEN, MICH FÜR SIE ZU ÖFFNEN...
SCHNAUZE!
WHIRRR
...UND EINE GENUGTUUNG, MICH WIEDER ZU SCHLIESSEN IM BEWUSSTSEIN, GUTE ARBEIT GETAN ZU HABEN.
STAMPF
WARUM!
WARUM!
WARUM?
SIEH MAL, DU HAST DEN AUFTRAG ERLEDIGT, MIT DEM DU JAHRELANG BESCHÄFTIGT WARST. KLAR, DASS DU DIR EIN BISSCHEN ZWECKLOS VORKOMMST.
ICH GLAUBE, ER HAT MICH ERLEDIGT.
WOPP!

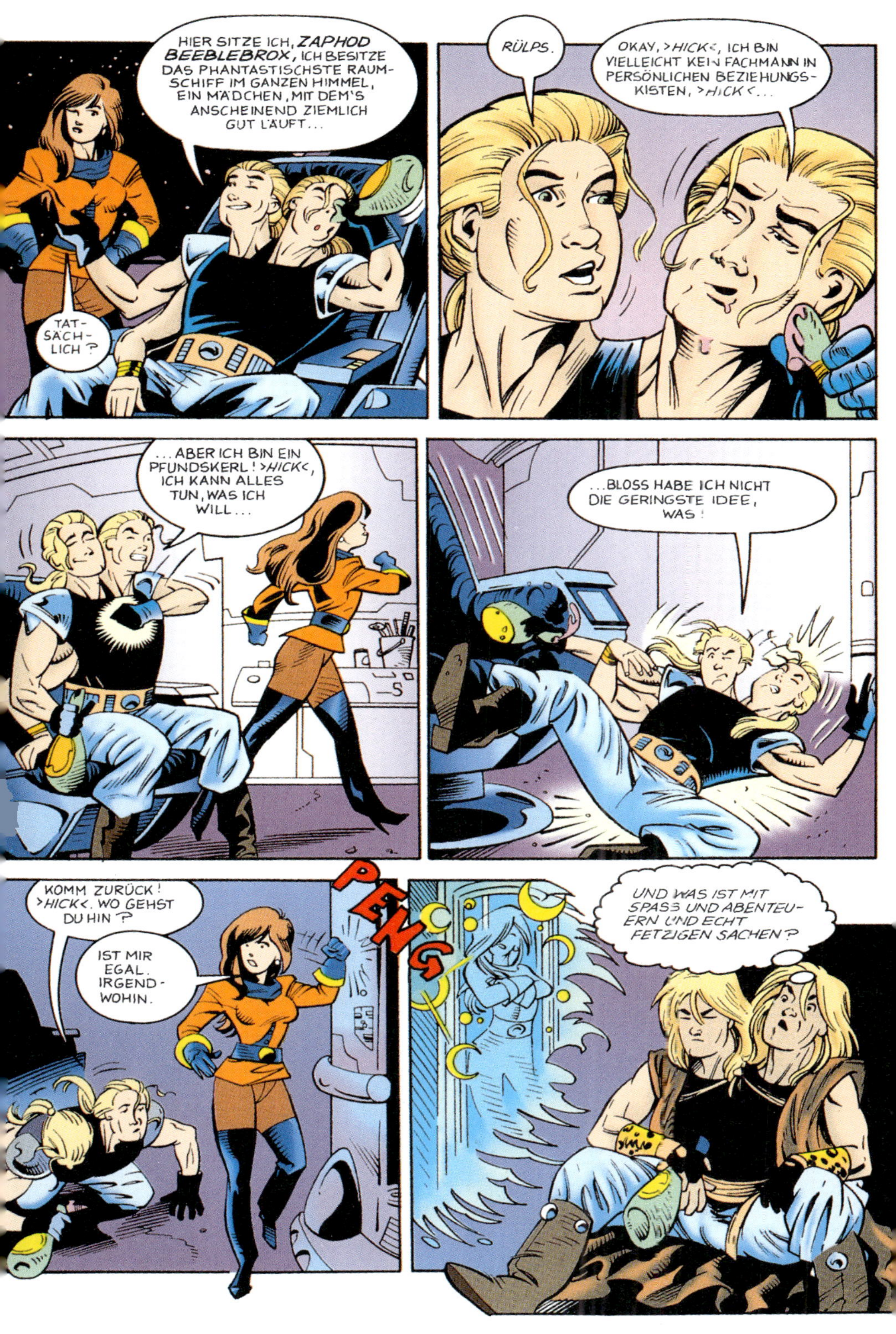
HIER SITZE ICH, ZAPHOD BEEBLEBROX, ICH BESITZE DAS PHANTASTISCHSTE RAUMSCHIFF IM GANZEN HIMMEL, EIN MÄDCHEN, MIT DEM'S ANSCHEINEND ZIEMLICH GUT LÄUFT...
TATSÄCHLICH?
RÜLPS.
OKAY, >HICK<, ICH BIN VIELLEICHT KEIN FACHMANN IN PERSÖNLICHEN BEZIEHUNGSKISTEN, >HICK<...
...ABER ICH BIN EIN PFUNDSKERL! >HICK<, ICH KANN ALLES TUN, WAS ICH WILL...
...BLOSS HABE ICH NICHT DIE GERINGSTE IDEE, WAS!
KOMM ZURÜCK! >HICK<. WO GEHST DU HIN?
IST MIR EGAL. IRGENDWOHIN.
PENG
UND WAS IST MIT SPASS UND ABENTEUERN UND ECHT FETZIGEN SACHEN?

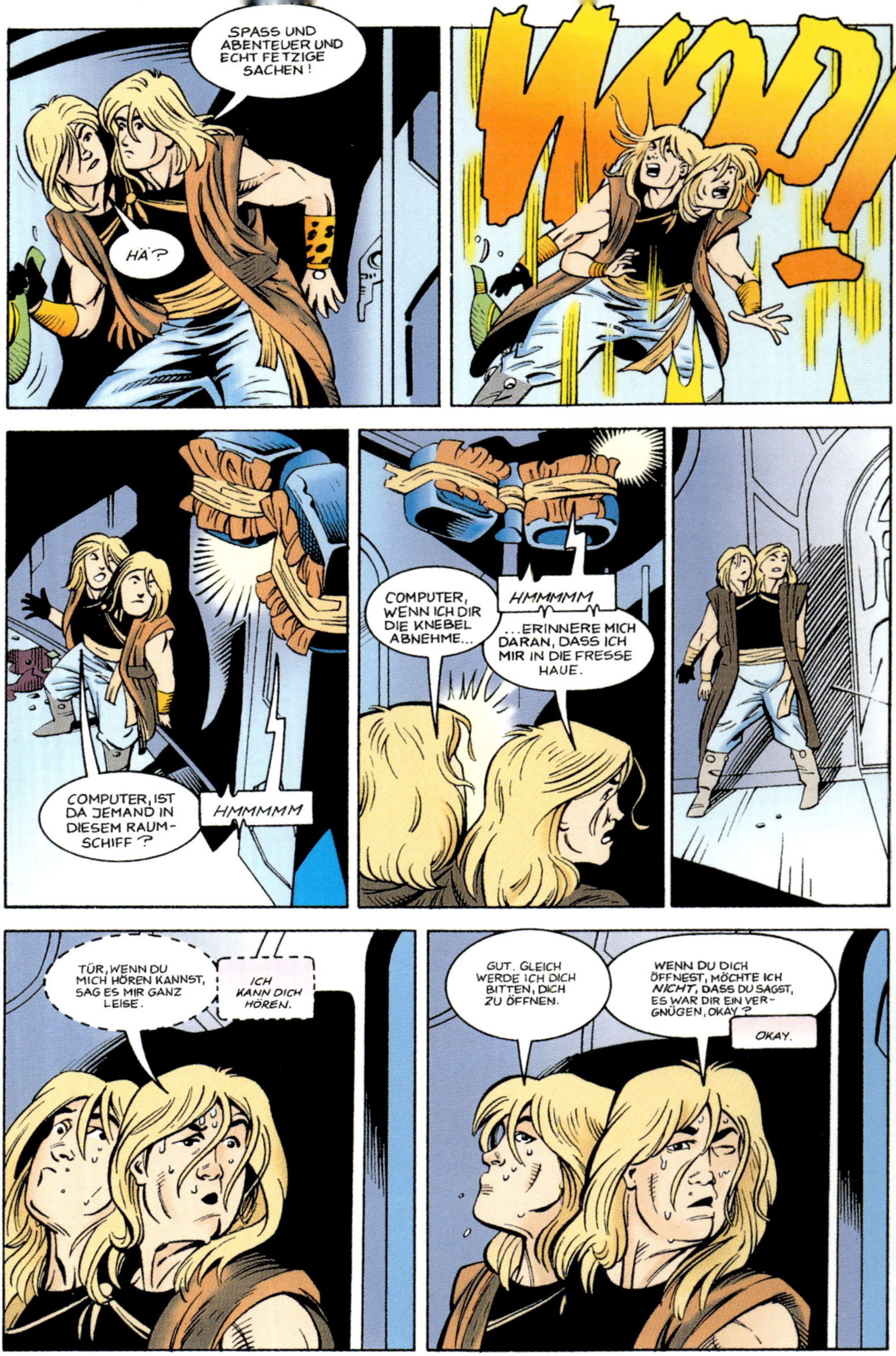
SPASS UND ABENTEUER UND ECHT FETZIGE SACHEN!
HÄ?
COMPUTER, IST DA JEMAND IN DIESEM RAUMSCHIFF?
HMMMMM
COMPUTER, WENN ICH DIR DIE KNEBEL ABNEHME...
HMMMMM
...ERINNERE MICH DARAN, DASS ICH MIR IN DIE FRESSE HAUE.
TÜR, WENN DU MICH HÖREN KANNST, SAG ES MIR GANZ LEISE.
ICH KANN DICH HÖREN.
GUT. GLEICH WERDE ICH DICH BITTEN, DICH ZU ÖFFNEN.
WENN DU DICH ÖFFNEST, MÖCHTE ICH NICHT, DASS DU SAGST, ES WAR DIR EIN VERGNÜGEN, OKAY?
OKAY.

UND ICH MÖCHTE NICHT, DASS DU MIR SAGST, ICH HÄTTE EINE EINFACHE TÜR SEHR GLÜCKLICH GEMACHT.
ODER DASS ES DIR EINE FREUDE WAR, DICH FÜR MICH ZU ÖFFNEN...
...UND EINE BEFRIEDIGUNG, DICH WIEDER ZU SCHLIESSEN IN DEM BEWUSSTSEIN, GUTE ARBEIT GETAN ZU HABEN.
UND ICH MÖCHTE NICHT, DASS DU SAGST: „SCHÖNEN TAG NOCH."
VERSTANDEN?
HAB VERSTANDEN.
OKAY, ÖFFNE DICH JETZT.
ALLES ZU IHRER ZUFRIEDENHEIT, MR. BEEBLEBROX?
ARRRRGGHHH!

OKAY. STELLT EUCH BITTE VOR, ICH HÄTTE EINEN ÄUSSERST WIRKUNGSVOLLEN KILL-O-ZAP-BLASTER IN DER HAND.
DU HAST EINEN KILL-O-ZAP-BLASTER IN DER HAND.
ACH JA? NA, ICH WOLLTE DEINE PHANTASIE NICHT AUF DIE PROBE STELLEN, ROBOTER!
ICH WERDE DEN EINDRUCK NICHT LOS, DASS IHR EUER RAUMSCHIFF QUER DURCH MEINS GEPARKT HABT.
JA.
UND WAS TREIBT IHR BURSCHEN HIER SO?
ÄH, OKAY, ALSO WAS TREIBT IHR ROBOTER HIER SO?
GNARK
WIR SIND WEGEN DES GOLDENEN QUERSTABS HIER.
ER IST EIN TEIL DES SCHLÜSSELS, DEN WIR SUCHEN, UM UNSERE MEISTER AUS KRIKKIT RAUSZUHOLEN.

DER SCHLÜSSEL WURDE IN RAUM UND ZEIT VERTEILT. DER GOLDENE QUERSTAB IST TEIL DER MASCHINE, DIE DEIN RAUMSCHIFF ANTREIBT.
UNSERE MEISTER WERDEN BEFREIT. DIE WIEDERHERSTELLUNG DES UNIVERSUMS SCHREITET FORT.
WOVON REDEST DU EIGENTLICH?
VON AUSLÖSCHUNG. WIR SUCHEN DEN SCHLÜSSEL. WIR HABEN BEREITS DIE HÖLZERNE SÄULE, DIE STÄHLERNE SÄULE UND DIE PLEXIGLASSÄULE.
UND GLEICH WERDEN WIR DEN GOLDENEN QUERSTAB HABEN.
OH NEIN, DA IRRT IHR EUCH! DER TREIBT MEIN RAUMSCHIFF AN!
GLEICH WERDEN WIR DEN GOLDENEN QUERSTAB HABEN.
UND DANN MÜSSEN WIR AUF EINE PARTY.
KANN ICH MITKOMMEN?
NEIN, WIR WERDEN DICH ERSCHIESSEN.
BLAT!
URGG

UNTERDESSEN GEHEN DIE TRUGBILDER VON KRIKKIT WEITER...
HÖRT ZU UND GEBT ACHT. DIES SIND DIE MEISTER VON KRIKKIT.
DIE MEISTER VON WAS?
DAS SPIEL, DAS DU ALS KRICKET KENNST, IST BLOSS EINE DIESER SELTSAMEN LAUNEN DES VOLKSGEDÄCHTNISSES, DAS BILDER IN DER ERINNERUNG LEBENDIG HALTEN KANN...
...NOCH EWIGKEITEN, NACHDEM IHRE WAHRE BEDEUTUNG IN DEN NEBELN DER ZEIT VERLORENGING.
VON ALLEN RASSEN IN DER GALAXIS KONNTEN NATÜRLICH NUR DIE ENGLÄNDER DIE ERINNERUNG AN DIE GRAUENHAFTESTEN KRIEGE, DIE ES JE GAB, WIEDERAUFLEBEN LASSEN...
...UND SIE IN ETWAS VERWANDELN, WAS, FÜRCHTE ICH, ALLGEMEIN ALS EIN LANGWEILIGES UND SINNLOSES SPIEL ANGESEHEN WIRD.
ICH SELBER MAG ES ZIEMLICH GERN, ABER IN DEN AUGEN DER MEISTEN HABT IHR EUCH DES GROTESKESTEN UND SCHLECHTESTEN GESCHMACKS SCHULDIG GEMACHT.
VOR ALLEM DIE SACHE MIT DEM KLEINEN ROTEN BALL, DER DAS WICKET TREFFEN MUSS, DIE IST DOCH SEHR GEMEIN.
HOPPALA!

DIES SIND DIE MEISTER VON KRIKKIT, DIE DIE GANZE SACHE ANGEFANGEN HABEN.
HEUTE ABEND GEHT ES LOS. WIR FOLGEN IHNEN UND SEHEN, WARUM.
IHR WISST DOCH SICHER, WAS JETZT GLEICH PASSIERT?
NEIN.
HAST DU NICHT GALAKTISCHE URGESCHICHTE GELERNT, ALS DU KLEIN WARST?
ICH HAB IN DER KYBERZELLE GLEICH NEBEN ZAPHOD GESESSEN. DAS HAT MICH SEHR ABGELENKT.
WAS IST LOS, ERDLING?
ES IST DER LEERE HIMMEL. DER GIBT EINEM DAS GEFÜHL, GANZ ALLEIN IM UNIVERSUM ZU SEIN.
IHNEN NICHT. SIE DACHTEN NIE: „WIR SIND ALLEIN IM UNIVERSUM", WEIL SIE GAR NICHT WUSSTEN, DASS ES EIN UNIVERSUM GIBT, IN DEM MAN ALLEIN SEIN KANN.
KRAZZZ
BIS HEUTE ABEND.
ALS DIE BRENNENDEN TRÜMMER EINES RAUMSCHIFFS HEULEND VOM HIMMEL STÜRZTEN.
AGGHH!

MANCHE SPRECHEN MIT ACHTUNGSVOLLEM FLÜSTERN VON DER **HERZ AUS GOLD**...
...ANDERE VOM **STERNENSCHIFF BISTROMATH**...
...UND WIEDER ANDERE PREISEN DIE BERÜHMTHEITEN AUS DER **GALAKTISCHEN FLOTTE**, WIE Z.B. DIE **GGS WAGEMUT**...
GSS SUICIDAL insanity
...UND, AM BERÜMTESTEN, DIE **GSS SELBSTMÖRDERISCHER IRRSINN.**
ABER VON KEINEM SPRICHT MAN MIT SO ECHTER VERWUNDERUNG WIE VON DER **KRIKKIT EINS** -- DEM ERSTEN RAUMSCHIFF, DAS DIE BEWOHNER KRIKKITS JE ERBAUTEN.
UND ZWAR WEGEN DER ZEIT, DIE ES DAUERTE, ES ZU ERBAUEN.
DANK DER TRÜMMER DES FREMDEN RAUMSCHIFFS (DEM SIE NOCH DAS ALLERLETZTE GEHEIMNIS ENTRISSEN)...
...BRAUCHTEN SIE FAST GENAU EIN JAHR VON DEM MOMENT AN, ALS SIE ENTDECKTEN, DASS ES SO WAS WIE EINEN WELTRAUM GAB.

NOCH IMMER UNTER DEM EINDRUCK DER INFORMATIONS-ILLUSION...
FORD, ERZÄHL MIR NICHT, DASS DIES DING ETWA FLIEGT!
DANN EBEN NICHT.
GRUUNGE
NIEMAND KON-STRUIERT EIN SCHIFF WIE DAS HIER IN EINEM JAHR, GANZ GLEICH, WELCHE GRÜNDE ER HAT.
ICH GLAUB'S NICHT. BEWEIS ES MIR, UND ICH GLAUB'S TROTZDEM NICHT.
BLEUGHH

BUUURRRRRRRR
WÄHREND DIE PILOTEN VON KRIKKIT IHRE HISTORISCHE MISSION ERFÜLLTEN...
UUURRRRRR
...UM HERAUSZUFINDEN, OB ES IRGEND ETWAS AUF DER ANDEREN SEITE DES HIMMELS GIBT...
UUUUUUURR
...BALLTE SICH DIE GESCHICHTE ZUSAMMEN, UM ERNEUT LOSZUSCHLAGEN.
SKANK
HANDBREMSE

DAS DA MUSS WEG.
FORTSETZUNG FOLGT...

Teil 2

FÜR DIEJENIGEN VON IHNEN, DIE SPÄTER DAZUGEKOMMEN SIND ...

Wir sind gebeten worden, Ihnen zu erzählen, wie's mit der Geschichte weitergeht... *Sie wissen schon*, mit diesem sprechenden Affen Arthur Dent, meinem froodyen Vetter Ford Prefect, Marvin, dem paranoiden Androiden...

Apropos paranoid – von den Burschen aus Krikkit könnte Marvin aber noch was lernen!

Yeah! Erst sind sie wahnsinnig *glücklich*, daß sie allein in der *Galaxis* sind. Dann entdecken sie den Rest des Universums, und *ratschpeng!* wollen sie das Ganze zerstören. So können sie wieder ein glücklicher kleiner Planet werden, der mit allem in Frieden lebt.

Genau. Sie sind hinter den Einzelteilen des »Wikkit-Schlüssels« her, den sie unbedingt wieder zusammensetzen wollen. Anscheinend gibt's Strudel im Kontinuum, die fortwährend irgendwelches Zeugs in unsere Raum-Zeit zurückballern, wie z. B. Teile des Schlüssels zu dem Schloß, hinter dem ihr Planet eingesperrt ist. Bloß sehen sie

Genau! Keine Schönheit wie die *Herz aus Gold*, aber *Mann!* was für ein Flitzer. Angetrieben von einer »Bistromathik«, die auf einer merkwürdigen Realität beruht, der man in einem typischen Restaurant begegnet. Wo z. B. das bestellte Essen in keiner Beziehung zur Endrechnung steht.

Aber wie funktioniert das?

Wer weiß? Ford sagt, man sitzt an was, das 'ne Art Bistro-Tisch mit Bistro-Essen drauf zu sein scheint. Und man tut, als ißt man. Aber was man in Wirklichkeit tut, wenn man ein Stück Pseudo-Hühnchen auf einem Pseudo-Teller herumschiebt, ist: man aktiviert die Steuerung des Schiffes. Komisches Ding!

Slarti zeigte Ford und Arthur ein paar holographische Trugbilder von dem Planeten Krikkit. Die Krikkiter meinten, sie wären total allein im Universum, weil ihr Planet von einer Staubhülle umgeben ist und sie nichts weiter sehen können. Dann machte ein fremdes Raumschiff Bruchlandung, und nur ein Jahr später hatten sie unter Ausnutzung der Technik das Schiffes ein eigenes gebaut.

überhaupt nicht wie Teile eines Schlüssels aus. Erst haben sie Marvin ein Bein weggenommen.

Nein – erst haben sie diesen blöden Beutel mit der Holzasche von der Erde geklaut, auf Lord's Cricket Ground.

Stimmt! Das ist der Moment, in dem Ford und Arthur wieder aufkreuzten, nachdem sie von Strudeln im Raum-Zeit-Kontinuum mitgerissen worden waren.

War das bevor oder nachdem Trillian beschlossen hatte, ohne mich 'ne Sightseeing-Tour zu machen? Ich hatte 'n bißchen was im Tee, verstehn Sie? Kaum haben Trillian und ich eine Sekunde lang einen absoluten Riesenspaß, schon findet sie's im nächsten Augenblick langweilig und klettert in einen halb kaputten Materie-Transmitter.

Jedenfalls kreuzten Ford und Arthur mitten auf einem Krikket-Rasen wieder auf der Erde auf, wenige Tage, bevor sie zur Zerstörung durch die Vogonen vorgesehen war.

In dem Moment, erschien auch Slartibartfaß wieder in einemn neuen Raumschiff, das er *Bistromath* nennt.

Yeah! Und als sie losflogen und die Wolken durchbrachen, sahen sie den ganzen... Rest! Und beschlossen, das müsse alles vernichtet werden.

Und um das zu tun, müssen sie unbedingt ihren Planeten aus der Zeitlupenhülle befreien, die ihn umgibt.

Genau. Und um das zu tun, müssen sie unbedingt den Wikkit-Schlüssel wieder zusammensetzen. Das ist der Grund, warum sie aus der *Herz aus Gold* kurzerhand den Antrieb ausbauten. Einer der Bestandteile des Schlüssels muß sich als mein Motor erwiesen haben!

Daran kann ich mich erinnern! Sie nahmen sich den Motor – und dann nahmen sie mich gefangen! Natürlich erst, nachdem sie mich bewußtlos gemacht hatten. Sonst hätte ich diese Burschen ins Vergessen zurückgeschmettert!

Und genau da sind wir jetzt, stimmt's?

Wo? Im Vergessen?

Genau! Schieb mal den *Janx* rüber!

DOUGLAS ADAMS siehe Teil 1

JOHN CARNELL siehe Teil 1

CHRISTOPHER SCHENCK hat seine raffinierte Zeichenkunst in die Dienste von Eclipse Comics, DC Comics, Dark Horse Comics und Byron Preiss Visual Publications gestellt. Zusätzlich zu seinen Beiträgen für DAS LEBEN, DAS UNIVERSUM UND DER GANZE REST zeichnet Christopher die Bearbeitung von Roger Zelaznys AMBER: THE GUNS OF AVALON, die in Kürze für Byron Preiss Visual Publications bei DC Comics erscheint.

JOHN NYBERG siehe Teil 1

NEIL VOKES siehe Teil 1

CLEM ROBINS hatte seinen großen Show-biz-Durchbruch 1977, als er für Gold Key Comics eine „Dudley Do-Right"-Story letterte. Er arbeitet für jede Firma, die ihn engagiert, und versucht unterdessen, Arbeit von den anderen zu kriegen. Seine Sachen erscheinen regelmäßig in HELLBLAZER, PREACHER, MISTER MIRACLE und THE INVISIBLES bei DC Comics, THE ADVENTURES OF THE MASK und GODZILLA bei Dark Horse und in THE SPECTACULAR SPIDER-MAN bei Marvel.

DIGITAL CHAMELEON siehe Teil 1

ALS PRÄHISTORISCHE SCHIFF-BRÜCHIGE SIND FORD PREFECT UND ARTHUR DENT VON DER PRÄHISTORISCHEN ERDE AUF EINEM CHESTERFIELD- SOFA ENTFLOHEN...
...NUR UM FESTZUSTELLEN, DASS DAS UNIVERSUM JEDEN MOMENT VON DEN FANATISCHEN BEWOHNERN VON KRIKKIT VERNICHTET WIRD!
DAS DA MUSS WEG!

SO STEHEN DIE DINGE NUN LEIDER MAL. ÜBER NACHT, SCHEINT ES, HAT SICH DIE GESAMTE BEVÖLKERUNG VON KRIKKIT AUS BEZAUBERNDEN, REIZENDEN, INTELLIGENTEN, NORMALEN LEUTEN...
...IN BEZAUBERNDE, REIZENDE, INTELLIGENTE, DURCHGEKNALLTE AUSLÄNDERFEINDE VERWANDELT.
WAS SOLL ICH DENN MIT DIESEM HÜHNCHEN MACHEN?
SPIEL EINFACH DAMIT. GANZ WIE'S DIR GEFÄLLT.
WO GEHEN WIR JETZT HIN?
ZURÜCK IN DEN RAUM DER INFORMATIONS-ILLUSIONEN. ZUM ZWEITEN TEIL.
NEIN, DIE HABE ICH NICHT BESTELLT.

RAUM DER
FORMATIONS-
USIONEN...
DER KRIKKIT-KRIEGSVERBRECHER-PROZESS... SEINE HOHE RICHTERLICHE GEWALT, RICHTER PAG, DER GUSR*, REKAPITULIERT DEN FALL.
ALSO, DIE LEUTE VON KRIKKIT SIND EINFACH EIN HAUFEN WIRKLICH NETTER KERLE, NICHT WAHR, DIE ZUFÄLLIG HALT JEDEN UMLEGEN WOLLEN.
HE, MANCHMAL FÜHL ICH MICH MORGENS GENAUSO. HERRGOTT, TUN WIR DAS NICHT ALLE?
* Der Gelehrte, Unparteiische und Sehr Relaxte.
OKAY, MAN WÜRDE ALSO NICHT UNBEDINGT IM SELBEN UNIVERSUM WIE DIESE BURSCHEN WOHNEN WOLLEN...
...ICH MEINE, DIE HABEN EINFACH FIXE IDEEN.

EXHIBIT "A"
TOTAL FIXE IDEEN. WIE SONST HÄTTEN SIE SICH SO VERBLÜFFEND WIRKUNGSVOLLE TÖTUNGSAPPARATE AUSDENKEN KÖNNEN WIE DIE DA...
...UND DIE DORT, UND DAS IN SO KURZER ZEIT.
EXHIBIT "B"
OMNI-DESTRUCTO ZAP RAY
MAXI-SLORTA HYPERNUCLEAR DEVICES
ULTIMATOMIC MASHER
OKAY, ALSO, WIR HABEN GEWONNEN, ABER DAS IST KEINE GROSSE SACHE. ICH MEINE, EINE MITTELGROSSE GALAXIS GEGEN EINEN EINZIGEN KLEINEN KRIKKIT-STERN.
...DOCH WIE LANGE HABEN WIR DAFÜR GEBRAUCHT? PROTOKOLLFÜHRER?
GROB GESCHÄTZT ZWEITAUSEND JAHRE, MYLORD.
UND WIEVIELE TYPEN NULLTEN AUS?
GROB GESCHÄTZT ZWEI GRILLIONEN, SIR.
DAT IS 'NE JANZE MENGE LEICHEN!

ALSO, WIE ICH SCHON SAGTE, DAS IST EIN HAUFEN WIRKLICH REIZENDER JUNGS, BLOSS MÖCHTE MAN NICHT UNBEDINGT EIN UNIVERSUM MIT IHNEN TEILEN...
...ES SEI DENN, SIE LERNEN, DIE SACHE 'N BISSCHEN LOCKERER ZU SEHEN.
OKAY, HÖRT MICH AN. ES IST SO, DIESE TYPEN, NICHT WAHR, HABEN EIN RECHT AUF IHRE EIGENE ANSICHT VOM UNIVERSUM...
...UND NACH IHRER EIGENEN ANSICHT, DIE DAS UNIVERSUM IHNEN AUFZWANG, GELL, GLAUBEN SIE AN...
...FRIEDEN, GERECHTIGKEIT, MORAL, KULTUR, SPORT, FAMILIENLEBEN UND DIE VERNICHTUNG ALLER ANDEREN LEBENSFORMEN.
ICH HAB SCHON VIEL SCHLIMMERES GEHÖRT.
FRIIIIOOH! IST WAS IN DIESEM WASSER?
ÄH, NEIN, SIR.
DANN NIMM'S WEG UND TU WAS REIN! ICH HAB 'NE IDEE.

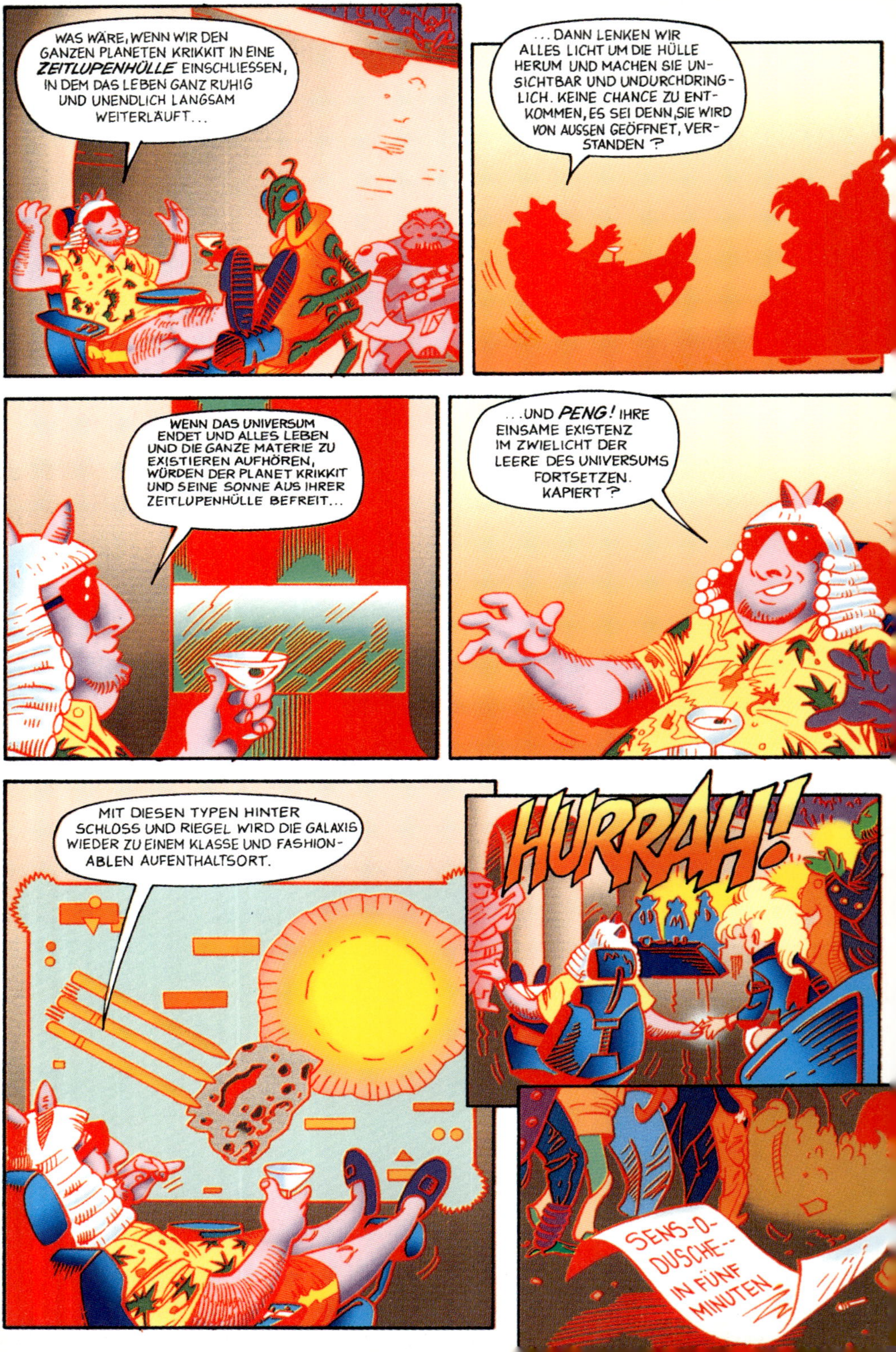
WAS WÄRE, WENN WIR DEN GANZEN PLANETEN KRIKKIT IN EINE ZEITLUPENHÜLLE EINSCHLIESSEN, IN DEM DAS LEBEN GANZ RUHIG UND UNENDLICH LANGSAM WEITERLÄUFT...
...DANN LENKEN WIR ALLES LICHT UM DIE HÜLLE HERUM UND MACHEN SIE UNSICHTBAR UND UNDURCHDRINGLICH. KEINE CHANCE ZU ENTKOMMEN, ES SEI DENN, SIE WIRD VON AUSSEN GEÖFFNET, VERSTANDEN ?
WENN DAS UNIVERSUM ENDET UND ALLES LEBEN UND DIE GANZE MATERIE ZU EXISTIEREN AUFHÖREN, WÜRDEN DER PLANET KRIKKIT UND SEINE SONNE AUS IHRER ZEITLUPENHÜLLE BEFREIT...
...UND PENG! IHRE EINSAME EXISTENZ IM ZWIELICHT DER LEERE DES UNIVERSUMS FORTSETZEN. KAPIERT ?
MIT DIESEN TYPEN HINTER SCHLOSS UND RIEGEL WIRD DIE GALAXIS WIEDER ZU EINEM KLASSE UND FASHIONABLEN AUFENTHALTSORT.
HURRAH!
SENS-O-DUSCHE-- IN FÜNF MINUTEN

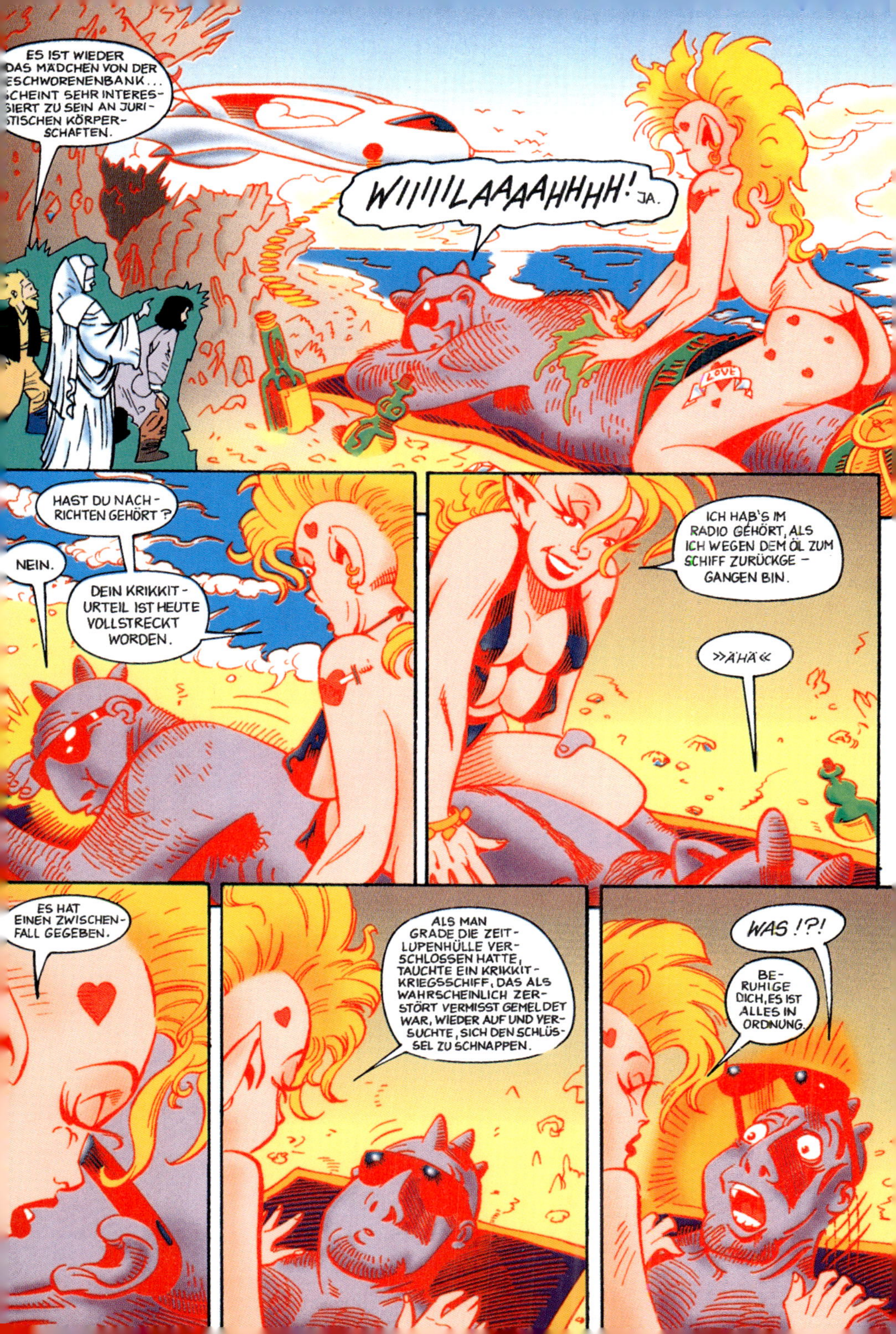
ES IST WIEDER DAS MÄDCHEN VON DER ESCHWORENENBANK... SCHEINT SEHR INTERESSIERT ZU SEIN AN JURISTISCHEN KÖRPERSCHAFTEN.
WIIIIILAAAAHHHH! JA.
HAST DU NACHRICHTEN GEHÖRT?
NEIN.
DEIN KRIKKIT-URTEIL IST HEUTE VOLLSTRECKT WORDEN.
ICH HAB'S IM RADIO GEHÖRT, ALS ICH WEGEN DEM ÖL ZUM SCHIFF ZURÜCKGEGANGEN BIN.
»ÄHÄ«
ES HAT EINEN ZWISCHENFALL GEGEBEN.
ALS MAN GRADE DIE ZEITLUPENHÜLLE VERSCHLOSSEN HATTE, TAUCHTE EIN KRIKKIT-KRIEGSSCHIFF, DAS ALS WAHRSCHEINLICH ZERSTÖRT VERMISST GEMELDET WAR, WIEDER AUF UND VERSUCHTE, SICH DEN SCHLÜSSEL ZU SCHNAPPEN.
WAS!?!
BERUHIGE DICH, ES IST ALLES IN ORDNUNG.

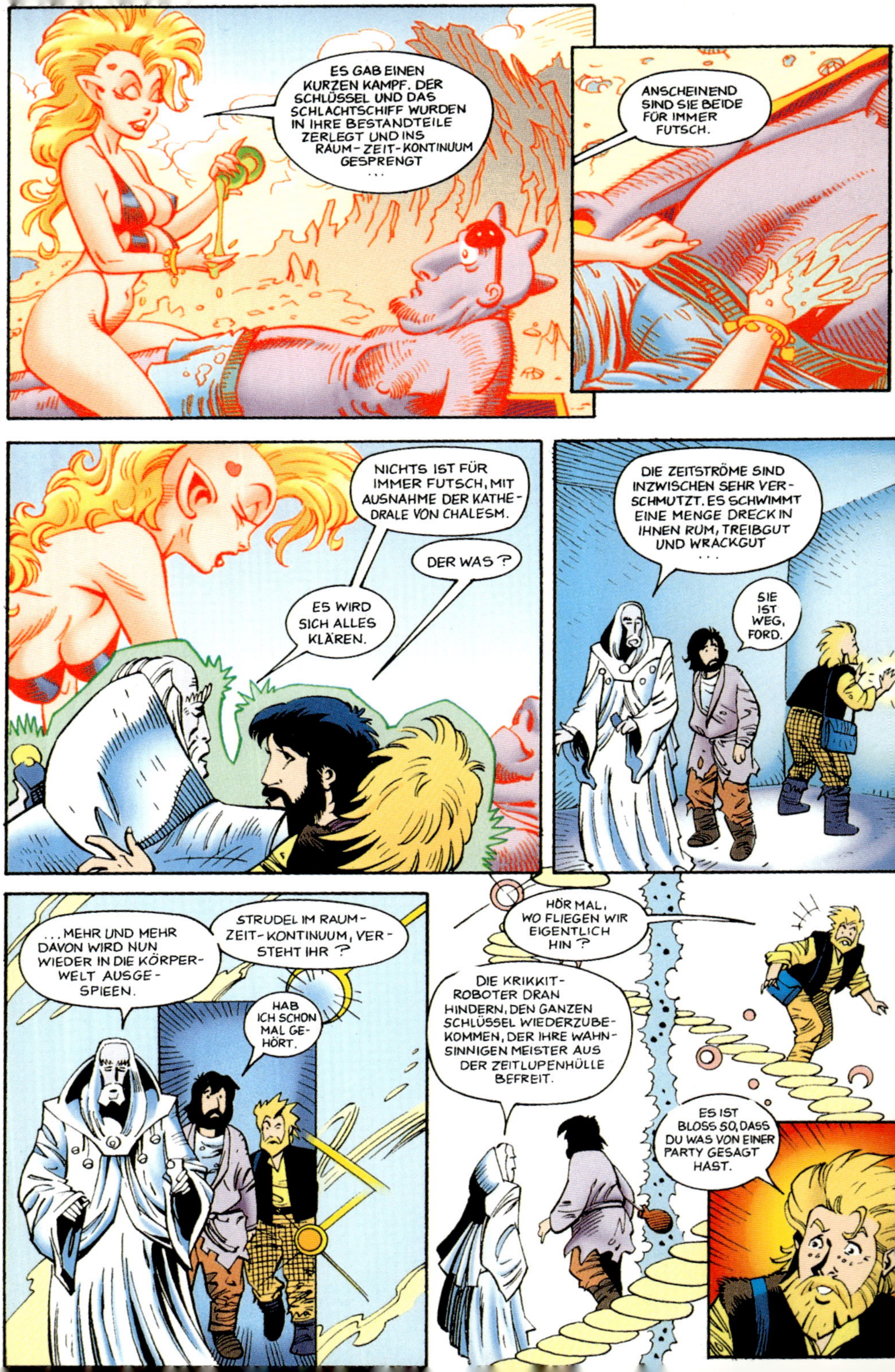
ES GAB EINEN KURZEN KAMPF. DER SCHLÜSSEL UND DAS SCHLACHTSCHIFF WURDEN IN IHRE BESTANDTEILE ZERLEGT UND INS RAUM-ZEIT-KONTINUUM GESPRENGT ...
ANSCHEINEND SIND SIE BEIDE FÜR IMMER FUTSCH.
NICHTS IST FÜR IMMER FUTSCH, MIT AUSNAHME DER KATHEDRALE VON CHALESM.
DER WAS ?
ES WIRD SICH ALLES KLÄREN.
DIE ZEITSTRÖME SIND INZWISCHEN SEHR VERSCHMUTZT. ES SCHWIMMT EINE MENGE DRECK IN IHNEN RUM, TREIBGUT UND WRACKGUT ...
SIE IST WEG, FORD.
... MEHR UND MEHR DAVON WIRD NUN WIEDER IN DIE KÖRPERWELT AUSGESPIEEN.
STRUDEL IM RAUM-ZEIT-KONTINUUM, VERSTEHT IHR ?
HAB ICH SCHON MAL GEHÖRT.
HÖR MAL, WO FLIEGEN WIR EIGENTLICH HIN ?
DIE KRIKKIT-ROBOTER DRAN HINDERN, DEN GANZEN SCHLÜSSEL WIEDERZUBEKOMMEN, DER IHRE WAHNSINNIGEN MEISTER AUS DER ZEITLUPENHÜLLE BEFREIT.
ES IST BLOSS SO, DASS DU WAS VON EINER PARTY GESAGT HAST.

BEI DER KAMPAGNE FÜR REALZEIT, VON DER ICH EUCH SPÄTER ERZÄHLEN WERDE...
...BEMERKTE ICH, DASS FÜNF STÜCK STRANDGUT KÜRZLICH INS LEBEN ZURÜCKGEPLUMPST WAREN, UND DIE SCHIENEN MIT DEN FÜNF TEILEN DES VERSCHOLLENEN SCHLÜSSELS IDENTISCH ZU SEIN.
NUR ZWEI KONNTE ICH ZWEIFELSFREI AUSFINDIG MACHEN -- DIE HÖLZERNE SÄULE AUF DEINEM PLANETEN UND DEN SILBERNEN QUERSTAB... DER IST AUF SO WAS WIE EINER PARTY.
DA MÜSSEN WIR HIN UND IHN RAUSHOLEN, EHE DIE KRIKKIT-ROBOTER IHN FINDEN.
NEIN, WENN DAS, WAS DU UNS ERZÄHLT HAST, STIMMT, MÜSSEN WIR AUF DIESE PARTY GEHEN, UM UNS VOLLAUFEN ZU LASSEN UND MIT MÖGLICHST VIELEN MÄDCHEN ZU TANZEN.
GEGEN DIESE ROBOTER HABEN WIR NICHT DIE CHANCE EINER WELLHORNSCHNECKE IN EINER SUPERNOVA.
EINER WAS?
LASST UNS EINFACH AUFBRECHEN, JA?
KER-PLUK
SLOOSH

DAS ZEITREISEN WIRD ZUNEHMEND ALS BEDROHUNG EMPFUNDEN. DIE GESCHICHTE WIRD DADURCH VÖLLIG DURCHEINANDER GEBRACHT.
NEHMEN WIR DEN FALL DES DICHTERS LALLAFA, DER DIE SCHÖNSTEN GEDICHTE SCHRIEB, DIE ES JE GAB, DIE LIEDER DES LANGEN LANDES...
LALLAFA HATTE IN DEN LANGLÄNDERN VON EFFA GELEBT. DORT SCHRIEB ER SEINE GEDICHTE AUF PAPIER, DAS AUS GETROCKNETEN HABRABBLÄTTERN GEMACHT WAR...
...OHNE ZUHILFENAHME JEGLICHER BILDUNG ODER KORREKTURFLÜSSIGKEIT.
ER SCHRIEB ÜBER DAS LICHT IN DEN WÄLDERN UND WAS ER DARÜBER DACHTE...
ER SCHRIEB ÜBER DIE DUNKELHEIT IN DEN WÄLDERN UND WAS ER DARÜBER DACHTE...
...UND ER SCHRIEB ÜBER DAS MÄDCHEN, DAS IHN VERLASSEN HATTE UND WAS PRÄZISE ER DARÜBER DACHTE.
LANGE NACH SEINEM TOD WURDEN SEINE GEDICHTE ENTDECKT, UND JAHRHUNDERTELANG BEFEUCHTETEN UND ERLEUCHTETEN SIE DAS LEBEN VIELER LEUTE...
...DEREN LEBEN SONST VIELLEICHT DUNKLER UND TROCKENER GEWESEN WÄRE.

DANN, KURZ NACH DER ERFINDUNG DES ZEIT-REISENS, ÜBERLEGTEN EINIGE GRÖSSERE KORREKTUR-FLUID-HERSTELLER...
...OB SEINE GEDICHTE NICHT NOCH BESSER HÄTTEN WERDEN KÖNNEN, WENN IHM EIN HOCH-WERTIGES KORREKTUR-FLUID ZUR VERFÜGUNG GESTANDEN HÄTTE...
...ODER OB ER NICHT DAZU ÜBERREDET WERDEN KÖNNTE, EIN PAAR DIESBE-ZÜGLICHE WORTE ZU ÄUSSERN.
SIE REISTEN DURCH DIE WOGEN DER ZEIT, FANDEN IHN, ERKLÄRTEN DIE SITUATION UND ÜBERZEUGTEN IHN DERART, DASS ER DURCH SIE UNGEHEUER REICH WURDE.
VANITY HAIR
DAS MÄDCHEN, ÜBER DAS ZU SCHREIBEN IHM VORDEM BESTIMMT GEWESEN WAR, KAM NIE AUF DIE IDEE, IHN ZU VERLASSEN, UND SIE ZOGEN AUS DEM WALD IN EINE NETTE BUDE IN DIE STADT.
ER KAM NATÜRLICH AUCH NIE AUF DIE IDEE, DIE GEDICHTE ZU SCHREIBEN, WAS EIN RASCH GELÖSTES PROBLEM WAR.
DIE KORREKTUR-FLUID-HERSTELLER SCHICKTEN IHN EINFACH MIT EINER SPÄTEREN AUFLAGE SEINES BUCHES UND EIN PAAR GETROCKNETEN HABRABLÄTTERN FÜR EINE WOCHE IN DIE FERIEN.

VIELE LEUTE SAGEN NUN PLÖTZLICH, DIE GEDICHTE SEIEN WERTLOS, ANDERE, DASS SIE GENAUSO WIE IMMER SIND, WAS ALSO HABE SICH GEÄNDERT ?
ERSTERE LEUTE SAGEN, DARUM GEHE ES GAR NICHT, UND DARUM RIEFEN SIE DIE KAMPAGNE FÜR REALZEIT INS LEBEN, UM ZU VERHINDERN, DASS SOLCHE DINGE IMMER WIEDER PASSIERTEN.
Real Zeit Jetzt!
WENIG SPÄTER ERHIELTEN IHRE ARGUMENTE ERHEBLICHE UNTERSTÜTZUNG, ALS DIE NACHRICHT KAM, DASS DIE KATHEDRALE VON CHALESM ABGERISSEN WORDEN SEI, UM EINE IONEN-RAFFINERIE ZU ERRICHTEN...
... UND DASS DER BAU SO LANGE GEDAUERT HABE UND SO WEIT IN DIE VERGANGENHEIT ZURÜCKVERLEGT WERDEN MUSSTE, DAMIT DIE IONEN-PRODUKTION PÜNKTLICH BEGINNEN KONNTE...
...DASS DIE KATHEDRALE NUN ÜBERHAUPT NIE ERBAUT WORDEN WAR.
ANSICHTSKARTEN VON DER KATHEDRALE VON CHALESM WURDEN PLÖTZLICH WAHNSINNIG WERTVOLL.

ANDERSWO...
URRRRG!
HE!
SLARTIBARTFASS? FORD? SEID IHR DA?
DU HATTEST DEINEN SPASS...
ARTHUR DENT, WILLKOMMEN...
ÄH, HALLO.
...HEISSE ICH DICH NICHT.
SEI NICHT BEUNRUHIGT...
HABE GROSSE, GROSSE ANGST!

ICH WETTE, DU HAST NICHT ERWARTET, MICH WIEDERZU-SEHEN.
AGGHH!
HMMM... VIELLEICHT HAST DU MICH ALS KANINCHEN BESSER IN ERINNE-RUNG.
IN FINSTERNIS GEBOREN, IN FINSTER-NIS AUFGEWACHSEN. EINES TAGES STRECKTE ICH DEN KOPF ZUM ERSTEN MAL IN DIE HELLE, NEUE WELT...
...DA WURDE ER MIR MIT EINEM PRIMITIVEN FEUERSTEIN-WERKZEUG GESPALTEN. DAS VON DIR GEMACHT WAR, ARTHUR DENT, UND VON DIR GESCHWUNGEN!
AUS MEINEM FELL MACHTEST DU DIR EINEN BEUTEL, UM INTERESSANTE STEINE DARIN AUFZUBE-WAHREN!

ICH WEISS DAS, WEIL ICH IN MEINEM NÄCHSTEN LEBEN ALS FLIEGE WIEDERGEBOREN WURDE, UND DU HAST MICH WIEDER ERSCHLAGEN...
...NUR DIESMAL MIT DEM BEUTEL, DER AUS MEINEM FRÜHEREN FELL GEMACHT WAR.
ARTHUR DENT, DU BIST NICHT BLOSS EIN GRAUSAMER UND HERZLOSER MENSCH, DU BIST AUCH WAHNSINNIG TAKTLOS.
ICH SEHE, DU HAST DEN BEUTEL VERLOREN. WAR DIR WOHL LÄSTIG, WAS?
UND DAS IST DER *MOLCH*, AUF DEN DU GETRETEN BIST. AUCH DER WAR ICH, ALS WENN DU DAS NICHT WÜSSTEST...
ICH? WISSEN?

DAS INTERESSANTE AN DER WIEDERGEBURT IST, DASS DIE GEISTER DER MEISTEN LEUTE GAR NICHT MERKEN, DASS SIE IHNEN WIDERFÄHRT.
ICH BEMERKTE ES ALLMÄHLICH, ICH KONNTE JA AUCH KAUM ANDERS, NICHT? WENN IMMER UND IMMER WIEDER DASSELBE PASSIERTE.
IN JEDEM LEBEN, DAS ICH JEMALS HATTE EGAL, AUF WELCHEM STERN ODER IN WELCHE ZEIT, WURDE ICH UMGEBRACHT VON ARTHUR DENT!
HIER IST DER AUGENBLICK, ALS ICH ES ENDLICH WUSSTE.

ERZÄHL MIR BLOSS NOCH, ES WAR EIN ZUFALL, DENT, WAGE ES JA NICHT, MIR ZU ERZÄHLEN, DASS ES EIN ZUFALL WAR!
SCHLUP SCHLUP
ES WAR ZUFALL!
WENN ES EIN ZUFALL WAR, DANN HEISSE ICH NICHT AGRAJAG!!!
UND WAHRSCHEINLICH WILLST DU BEHAUPTEN, DAS IST DEIN NAME.
JA!
SCHÖN, ABER ES WAR TROTZDEM EIN ZUFALL.
KOMM HIER REIN UND SAG'S NOCHMAL!

MEIN GOTT!
DENT
RIP
RIP

HHHHRRRAAAHHHH
HHHRRAAAHHHHH!
ICH WAR BEI EINEM KRICKET-MATCH... NICHT IN DIESEM KÖRPER, DIES HIER IST MEIN LETZTER KÖRPER, MEIN TÖTE-ARTHUR-DENT-KÖRPER...
ICH WAR BEI EINEM KRICKET-MATCH! ICH HATTE EIN SCHWACHES HERZ. ICH SAGTE ZU MEINER FRAU: „WAS KANN MIR BEI EINEM KRICKET-MATCH SCHON PASSIEREN?"
UND WAS PASSIERTE?
BOSHAFTERWEISE TAUCHEN ZWEI LEUTE AUS DEM NICHTS DIREKT VOR MIR AUF. DAS LETZTE, WAS ICH NOCH MITKRIEGE, EHE MEIN SCHWACHES HERZ VOR SCHRECK AUSSETZT...
...IST, DASS EINER VON IHNEN ARTHUR DENT IST, MIT EINEM KANINCHENKNOCHEN IM BART. ZUFALL?
ÄH, JA.

ZUFALL !!!!!
gahh!
ES IST BLOSS DAS LEBEN, DAS KATZ UND MAUS MIT UNS SPIELT. REINER ZUFALL.
WAS HAST DU GEGEN MICH, DENT?
NICHTS. EHRLICH.
SCHEINT MIR 'NE KOMISCHE ART, MIT JEMANDEM UMZUGEHEN, GEGEN DEN DU NICHTS HAST, WENN DU IHN JEDESMAL UMBRINGST!
HÖR ZU, ES TUT MIR SEHR LEID, DAS WAR EIN SCHRECKLICHES MISSVERSTÄNDNIS. ICH MUSS JETZT GEHEN-- ICH SOLL NÄMLICH DAS UNIVERSUM RETTEN.
IRGENDWANN MAL BESCHLOSS ICH, AUFZUGEBEN UND IN DER UNTERWELT ZU BLEIBEN, ABER RATE MAL, WAS DA PASSIERTE?
ICH WURDE ALS PETUNIENTOPF IN DIE KÖRPERWELT ZURÜCKGESCHLEUDERT.
DIESES LEBEN ENDETE KURZE ZEIT SPÄTER IN DEN FRISCHEN TRÜMMERN EINES ZERSCHELLTEN WALS...
...MEINES BRUDERS IM GEISTE.

WÄHREND ICH AUF DEN PLANETEN ZUSTÜRZTE, KONNTE ICH NICHT UMHIN, EIN IMPOSANTES WEISSES RAUMSCHIFF ZU BEMERKEN...
...UND AUS DER LUKE GUCKTE EIN SELBSTGEFÄLLIGER ARTHUR DENT. ZUFALL ?!!?!
HÖR ZU, ICH MUSS LOS UND DAS UNIVERSUM RETTEN...
DESTRUCT
...Wär für einen Toten viel zu knifflig.
DAS UNIVERSUM RETTEN! DARAN HÄTTEST DU DENKEN SOLLEN, EHE DU MIT DEINEM RACHEFELDZUG GEGEN MICH BEGANNST!
RIP
RIP
WAS WAR DENN, ALS DU AUF STAVROMULA BETA WARST UND JEMAND DICH UMZUBRINGEN VERSUCHTE, ABER DU HAST DICH GEBÜCKT?
WOVON REDEST DU? ICH BIN NIE DORT GEWESEN.
DU MUSST DORT GEWESEN SEIN.
ICH BIN NIE DORT GEWESEN, UND ES HAT AUSSER DIR NIE JEMANDEN GEGEBEN, DER VERSUCHT HAT, MICH UMZUBRINGEN!
AUF STAVROMULA BETA WARST DU... NOCH NICHT?
OH ZARK! ICH HABE DICH ZU FRÜH HIERHER GEBRACHT!

ICH WERDE DICH TROTZDEM TÖTEN... ICH SPRENGE DIESEN GANZEN BERG HIER IN DIE LUFT!
MAL SEHEN, WIE DU DICH HIER RAUSWINDEST, DENT!
DESTRUCT
NEIN!
ZERSTÖRUNG
TU'S NICHT ICH WOLLTE DICH NICHT TÖTEN!
GUFF
AAUUGGH!
DU HAST ES SCHON WIEDER GETAN! EH? WAS WILLST DU VON MIR...
...BLUT?
KLATSCH

KWAK!
RIP
TOON
RUMMMMPEL

DIE LAWINE BRACH LOS.
PLÖTZLICH EMPFAND ARTHUR DIE MACHT DES WORTES ERDRUTSCH AUF EINE WEISE, WIE SIE IHM NOCH NIE ERSCHIENEN WAR.
POLTER
POLTER
POLTER
URHH!
KLUMP!
AGGHHHH
POLTER
GENAU IN DEM MOMENT, ALS ARTHUR DABEI WAR, AUF DEN BODEN ZU KNALLEN...
ZUM TEUFEL, WO KOMMT DIE DENN HER?*
ATHENS
*ARTHUR DENTS REISETASCHE, DIE VOR ZEHN JAHREN IN DER GEPÄCKAUSGABE AUF DEM ATHENER FLUGHAFEN VERLOREN GEGANGEN WAR.
POLTER
...IN SEINER TOTALEN VERWUNDERUNG VERFEHLTE ER VOLLKOMMEN DEN BODEN UND SCHNELLTE HOCH IN DIE LUFT.
POLTER
POLTE
WAS ARTHUR DENT TAT, WAR FOLGENDES...
--ER FLOG.
POLTER
POLTER

ICH HABE DEN BODEN VERFEHLT! ABER WIE?
FAST SOFORT KAM IHM DER GEDANKE, DASS ER NICHT VERSUCHEN DURFTE, DARÜBER NACHZUDENKEN.
DENN WENN ER DAS TÄTE, WÜRDE DAS GRAVITATIONSGESETZ SCHARF IN SEINE RICHTUNG BLICKEN UND WISSEN WOLLEN, WAS ZUM TEUFEL ER DA OBEN TÄTE.
UND SO DACHTE ER AN TULPEN.
VIELE VIELE TULPEN.
ES FUNKTIONIERTE.
DANN LANGWEILTE IHN DIESER GEDANKENGANG, UND ER PROBIERTE EINEN NEUEN AUS.
DAS MUSS DAS EINZIGE GRIECHISCHE OLIVENÖL SEIN, DAS ES NOCH IM UNIVERSUM GIBT.
ATHENS

UND NACH EIN PAAR PROBE-STURZFLÜGEN...
...STÜRZTE DIE LUFT AN IHM VORBEI. ER SAUSTE BEGEISTERT DURCH SIE HINDURCH.
DOCH DA TRAT PLÖTZLICH EIN GEFÄHRLICHER MOMENT EIN, ALS ER EINFACH NICHT MEHR GLAUBEN KONNTE, WAS ER DA TAT...
UND DAHER TAT ER'S NICHT.

HATTE ICH NICHT ZOLLFREIEN RETSINA HIER DRIN ?
WHIIIEE

WHAP!
DER REISEFÜHRER PER ANHALTER DURCH DIE GALAXIS SAGT: DIE LÄNGSTE UND VERHEERENDSTE PARTY, DIE JE STATTFAND, IST JETZT IN IHRER VIERTEN GENERATION, UND IMMER NOCH MACHT KEINER ANSTALTEN AUFZUBRECHEN.
EINES DER PROBLEME IST, DASS ALLE LEUTE AUF DER PARTY DIE KINDER, ENKEL ODER URENKEL DERJENIGEN SIND, DIE SCHON ZU ANFANG NICHT GEHEN WOLLTEN.

EIN ANDERES PROBLEM, VERURSACHT DURCH ZUCHTWAHL, REGRESSIVE ERBANLAGEN UND SO WEITER, IST: ALLE LEUTE AUF DER PARTY SIND ENTWEDER ...
ABSOLUT FANATISCHE PARTYGEHER
LALLENDE IDIOTEN
ODER BEIDES.
PARTY UNTIL DIE
...URP.
DIE PARTY HAT AUCH EIN PAAR UNGEWÖHNLICHE MERKMALE ENTWICKELT...
YEAH-->WÜRG!<-- HÖRT SICH AN WIE 'NE -->KOTZ!<GUTE IDEE.
...DAZU GEHÖRT IHRE FÄHIGKEIT ZU FLIEGEN -- DANK DER FINDIGKEIT EINES RUDELS BETRUNKENER ASTROPHYSIKER ...
...UND DASS SIE ZIEMLICH SCHWER BEWAFFNET IST-- FÜR DEN FALL, DASS SIE IN BAGATELLSTREITIGKEITEN MIT IRGENDWELCHEN WEINHÄNDLERN GERATEN SOLLTE.
JAA-HUUUUH!
DIESER ÜBERGANG VON DER 24-STUNDEN-COCKTAILPARTY ZUR HALBTAGS-RÄUBERBANDE VOLLZOG SICH MÜHELOS UND VERLIEH DER GANZEN ANGELEGENHEIT EIN BISSCHEN VON DEM DRINGEND BENÖTIGTEN PEP...
DAS DRINGENDSTE PROBLEM ABER, VOR DEM DIE PARTY STEHT, ODER VIELMEHR DER PLANET, ÜBER DEM DIE PARTY KREIST, LAUTET: WANN WERDEN DIE GETRÄNKE ZUR NEIGE GEHEN ?

UND SO... NAHM ARTHUR DENT ALS ERFAHRENER HITCH-HIKER SEIN HANDTUCH ENTSPRECHEND IN GEBRAUCH.
AGHHHHH
WO BEI ALLEN ZARKEN-DEN PHOTONEN BIST DU DENN GEWESEN?
ÄH, TJA, HIER UND DA, VERSTEHST DU.

UND WAS MACHT IHR HIER OBEN ?
ES IST DIESE BLÖDE PARTY...
SIE WOLLEN UNS NICHT REINLASSEN OHNE FLASCHE.
REICHT DIE HIER ?
DRINNEN...
WOW !

QUIIIIIEEEEE
KRAAA
KRAAAAAP
KRAAAP EIN NEUER SPASS
KRAAAAP!
EIN NEUER SPASS!
HAB ICH SIE NICHT IN MILLIWAYS GESEHEN?
JA. HIER FIND ICH'S VIEL BESSER. SEHR VIEL WENIGER GESITTET, SO VIEL VOLLER.
WAREN SIE DER MIT DEM HAMMER?
DAS IST DOCH NICHT ETWA... ODER DOCH?
Sure Death

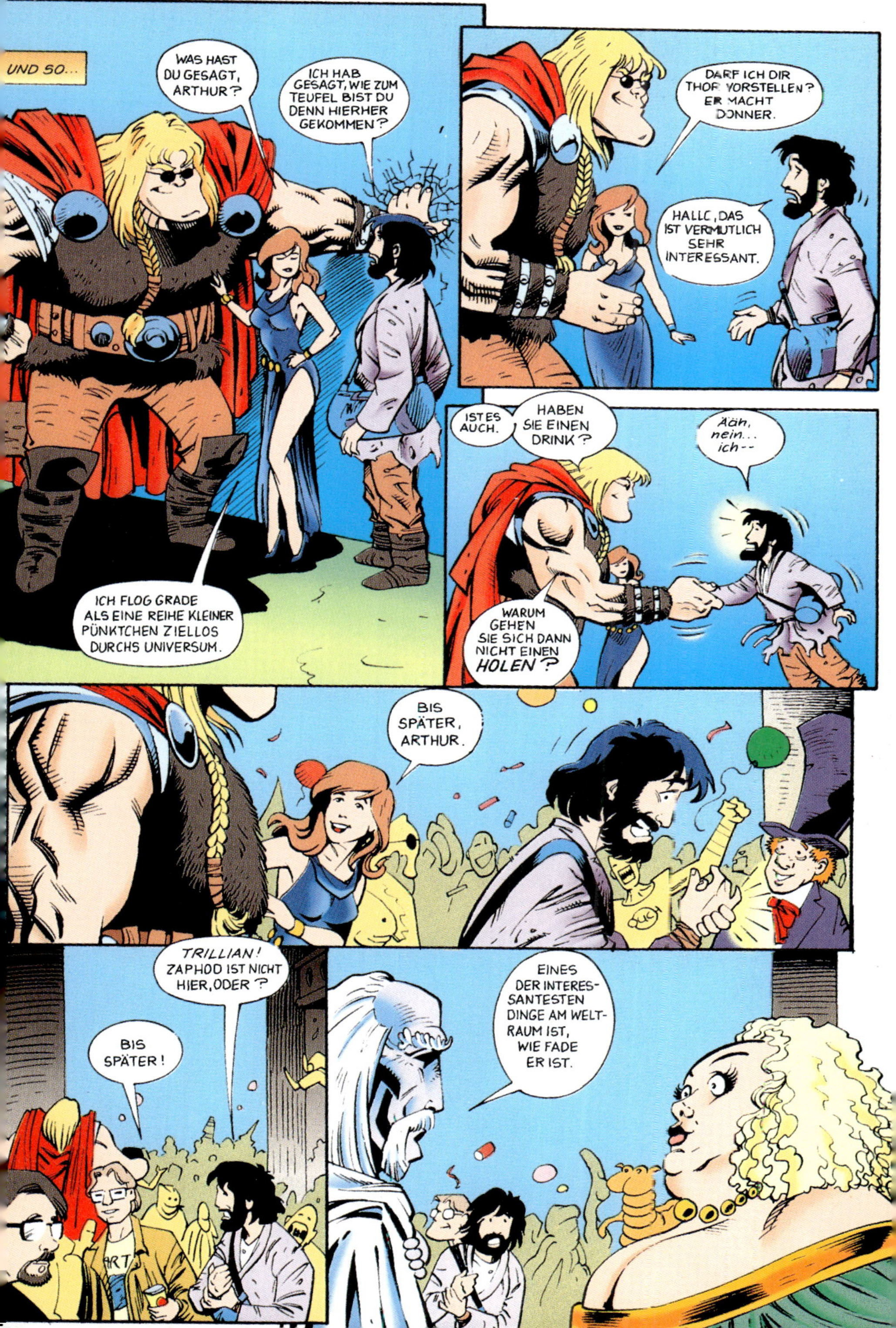
UND SO...
WAS HAST DU GESAGT, ARTHUR?
ICH HAB GESAGT, WIE ZUM TEUFEL BIST DU DENN HIERHER GEKOMMEN?
ICH FLOG GRADE ALS EINE REIHE KLEINER PÜNKTCHEN ZIELLOS DURCHS UNIVERSUM.
DARF ICH DIR THOR VORSTELLEN? ER MACHT DONNER.
HALLO, DAS IST VERMUTLICH SEHR INTERESSANT.
IST ES AUCH.
HABEN SIE EINEN DRINK?
Ääh, nein... ich--
WARUM GEHEN SIE SICH DANN NICHT EINEN HOLEN?
BIS SPÄTER, ARTHUR.
TRILLIAN! ZAPHOD IST NICHT HIER, ODER?
BIS SPÄTER!
EINES DER INTERESSANTESTEN DINGE AM WELTRAUM IST, WIE FADE ER IST.

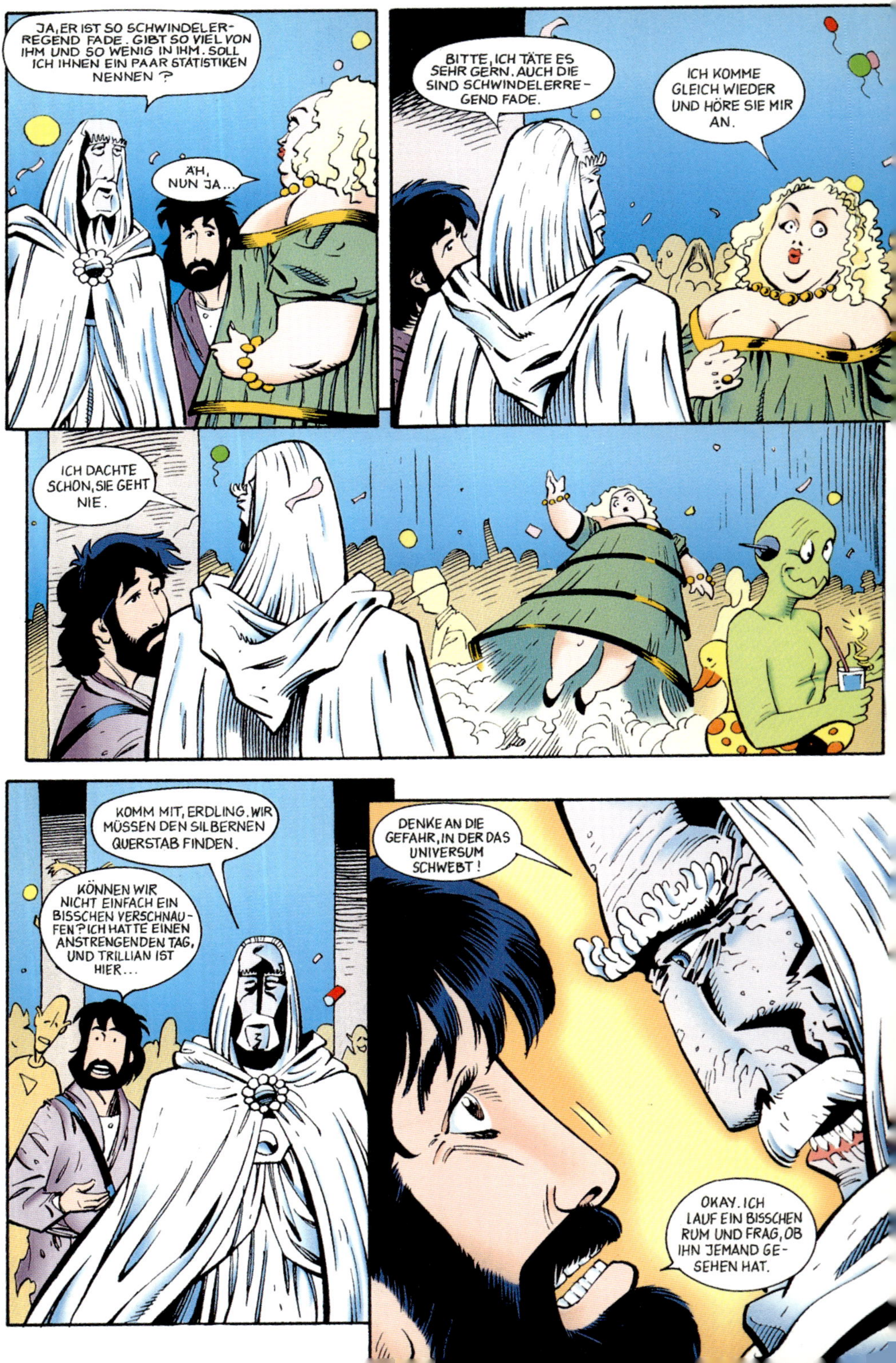
JA, ER IST SO SCHWINDELERREGEND FADE. GIBT SO VIEL VON IHM UND SO WENIG IN IHM. SOLL ICH IHNEN EIN PAAR STATISTIKEN NENNEN?
ÄH, NUN JA...
BITTE, ICH TÄTE ES SEHR GERN. AUCH DIE SIND SCHWINDELERREGEND FADE.
ICH KOMME GLEICH WIEDER UND HÖRE SIE MIR AN.
ICH DACHTE SCHON, SIE GEHT NIE.
KOMM MIT, ERDLING. WIR MÜSSEN DEN SILBERNEN QUERSTAB FINDEN.
KÖNNEN WIR NICHT EINFACH EIN BISSCHEN VERSCHNAUFEN? ICH HATTE EINEN ANSTRENGENDEN TAG, UND TRILLIAN IST HIER...
DENKE AN DIE GEFAHR, IN DER DAS UNIVERSUM SCHWEBT!
OKAY. ICH LAUF EIN BISSCHEN RUM UND FRAG, OB IHN JEMAND GESEHEN HAT.

HABEN SIE IRGENDWO EINEN SILBERNEN QUERSTAB GESEHEN? ER IST UNGEHEUER WICHTIG FÜR DIE ZUKÜNFTIGE SICHERHEIT DES UNIVERSUMS.
NEEEIN...
...ABER HOLEN SIE SICH DOCH 'N DRINK UND ERZÄHLEN SIE MIR DAVON.
FINDE IHREN FEZ PRIMA.
WAS?
ICH SAGTE, ICH FINDE IHREN FEZ PRIMA!
ICH TRAGE GAR KEINEN.
NA, DANN FIND ICH IHREN DEEZ PRIMA.
WAS?
ICH SAGTE, ICH FINDE IHREN DEEZ PRIMA INTERESSANTER KNOCHENBAL.
WAS?
AU!
ICH SAGTE, SIE TANZEN WUNDERBAR, NICKEN SIE BLOSS NICHT SO VIEL.
WAS?
AU!

MEIN PLANET WURDE EINES MORGENS IN DIE LUFT GESPRENGT, DESWEGEN HABE ICH DIESE SACHEN AN, MEINEN MORGENMANTEL.
TATSÄCHLICH?
JA, IN DIE LUFT GESPRENGT, MIT ALLEN MEINEN KLEIDERN DRAUF. ES WAR MIR NICHT KLAR, DASS ICH AUF 'NE PARTY GEHEN WÜRDE.
BITTE, ERZÄHLEN SIE WEITER.
SPÄTER WURDE ICH AUS EINEM RAUMSCHIFF GEWORFEN. IMMER NOCH IN MEINEM MORGENMANTEL, NICHT IN EINEM RAUMANZUG, WIE MAN NORMALERWEISE ERWARTEN WÜRDE...
WIE FASZINIEREND.
...DANN KAM ICH DAHINTER, DASS MEIN PLANET FÜR EINE SCHAR MÄUSE ERBAUT WORDEN WAR. SIE KÖNNEN SICH VORSTELLEN, WELCHE GEFÜHLE MICH DA BEWEGTEN.
HABEN SIE EINEN SILBERNEN QUERSTAB GESEHEN?
NE NE NE, ICH FIND SIE TOLL! >HICK< SIE KENNEN MICH, MACHEN SIE SICH DARUM KEINE SORGEN! >HICK< WAS IST DENN LOS? >HICK< ICH LEGSE ALLE UM, LEG DIE TYPEN ALLE UM.
ICH BIN IN DIE LUFT GESPRENGT, BESCHOSSEN, REGELRECHT IN STÜCKE GERISSEN UND UM MEINEN TEE GEBRACHT WORDEN...
...UND VOR KURZEN BIN ICH IN EINEN SUMPF GESTÜRZT UND MUSSTE FÜNF JAHRE IN EINER FEUCHTEN HÖHLE ZUBRINGEN.
NEEEIN!
HABEN SIE SICH DA NICHT HERRLICH AMÜSIERT?
GLUCK

HAK.
BLÖRK.
HAK.
HUST HUST
KEUCH
HUST
WAS FÜR EIN HERRLICH AUFREGENDER HUSTEN, HABEN SIE WAS DAGEGEN, WENN ICH MICH IHNEN ANSCHLIESSE?
HUST
HUST
HUST
HUST
HUST
HUST
KAH KAH KAH KAH KAH KAH KAH KAH
HUST HUST
HURRRRRRRRR
HUST
HUST HUST HURRRRRR HUST
KAH KAH KAH KAH
WIE ANREGEND, WAS FÜR EIN PRICKELNDES LEBEN SIE FÜHREN MÜSSEN. DANKE IHNEN VIELMALS.
JUHUU. ROGER, HIER BIN ICH. DU MUSST DIESEN HUSTEN AUSPROBIEREN!
HABE ICH SIE NICHT EBEN IHREN NAMEN NENNEN HÖREN?

ICH BIN ARTHUR DENT.
DEN HAB ICH SCHON GETROFFEN.
OKAY, DA IST SO 'N MANN IN EINEM BERG, DER WOLLTE SIE SPRECHEN.
YEAH, ES SCHIEN IHM BLOSS ZIEMLICH VIEL DRAN ZU LIEGEN, VERSTEHN SIE.
TJA, ICH DENKE, SIE SOLLTEN DAS WISSEN.
JA, ICH HAB IHN GESEHEN.
ICH WEISS ES, ICH HAB IHN GESEHEN.
OKAY, ICH SAG'S IHNEN HALT EINFACH. GUTE NACHT, VIEL GLÜCK, GEWINNEN SIE PREISE.
WHAPP
WAS ?
WAS AUCH IMMER. MACHEN SIE, WAS SIE WOLLEN. ABER MACHEN SIE'S GUT.
WARUM ?
MACHEN SIE'S SCHLECHT, WEN INTERESSIERT'S ? WER GIBT EINEN SCHEISS DRAUF ? BELÄSTIGEN SIE MICH NICHT, JA, SIE TYP ?
ZIEHEN SIE DOCH LEINE !

DAS WAR AUFRICHTIG.
WAS WAR DENN DAS? WARUM HAT ER MIR GESAGT, ICH SOLL PREISE GEWINNEN?
BLOSS SO'N SHOWBIZ-SCHNACK.
ER HAT GERADE 'N PREIS GEWONNEN UND HOFFTE, ER KÖNNTE ES SO NEBENBEI EINFLIESSEN LASSEN. ABER SIE KAMEN NICHT DRAUF ZU SPRECHEN, UND DA KONNTE ER'S NICHT.
UND WOFÜR WAR DER PREIS?
FÜR DEN GRUNDLOSESTEN GEBRAUCH DES WORTES „BELGIEN" IN EINEM ERNSTEN DREHBUCH.
ER IST SEHR RENOMMIERT.
AHA, UND WAS KRIEGT MAN ALS PREIS?
EINEN RORY. DAS IST BLOSS SO'N KLEINES SILBERNES DING AUF EINEM GROSSEN SCHWARZEN SOCKEL.
WOPP!
WAS HABEN SIE GESAGT?
ICH WOLLTE SIE GERADE NACH DEM SILBERNEN DING FRAGEN.
OH, ICH DACHTE, SIE HÄTTEN „WOPP" GESAGT.

WAAAYHAAYHAA
WOPP?
KRIKKIT-ROBOTER?
FOOP!
HABEN SIE DEN RORY GEKLAUT?
NATÜRLICH, ER IST TEIL DES WIKKIT-SCHLÜSSELS. FÜR MANCHE „RORY" ... FÜR ANDERE SILBERNER QUERSTAB.

WIR WÜRDEN JA GERN NOCH BLEIBEN UND HELFEN, ABER DAS TUN WIR NICHT. MÜSSEN DAS UNIVERSUM RETTEN.
ICH GEBE ZU, DAS KLINGT NACH EINER ZIEMLICH LAHMEN AUSREDE...
...SO ODER SO, WIR HAUEN AB.
WAS DAGEGEN, WENN ICH DIE MIT-NEHME? DU WIRST SIE NICHT MEHR BRAUCHEN.
CRISPS
TRILLIAN?
ERDLING, WIR MÜSSEN LOS.
TRILLIAN?
TRILLIAN!
DAS MÄDCHEN BLEIBT BEI MIR. IN WALHALLA STEIGT 'NE PARTY -- WIR FLIEGEN GLEICH AB.

WO WARST DU DENN, ALS HIER DER TEUFEL LOS WAR?
OBEN, ICH HABE SIE GEWOGEN. FLIEGEN IST 'NE KNIFFLIGE SACHE.
SIE KOMMT MIT UNS MIT.
HE! HAB ICH DENN GAR NICHTS ZU SAGEN?
NEIN! DU KOMMST MIT UNS MIT.
SIE KOMMT MIT MIR MIT.
KOMM SCHON, ERDLING.
KOMM SCHON, SLARTIBARTFASS.
WILLSTE DICH DARUM KLOPPEN?
WIE WAR DAS, DÄUMLING?
ICH SAGTE, WILLST DU DICH DARUM KLOPPEN?

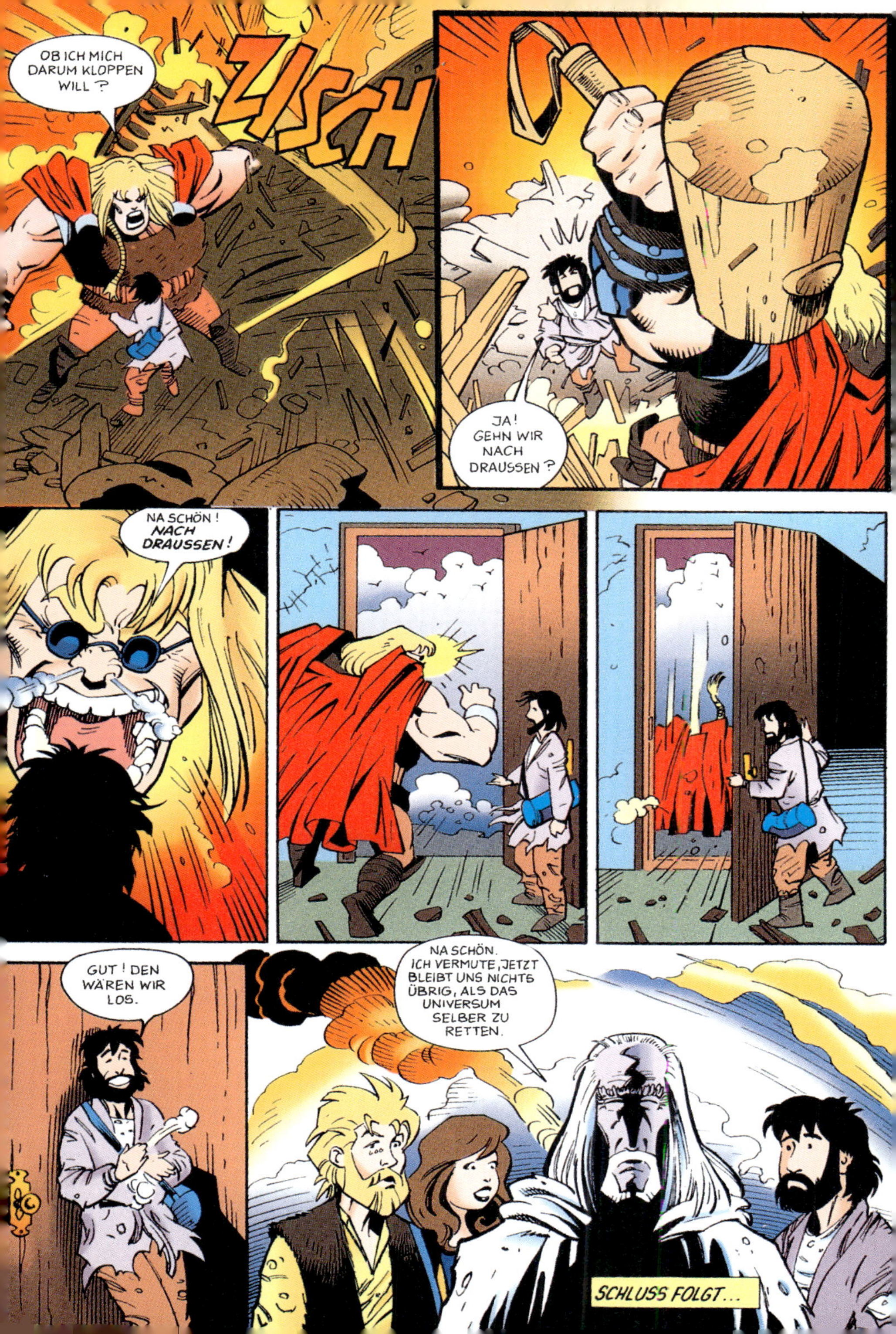
OB ICH MICH DARUM KLOPPEN WILL?
ZISCH
JA! GEHN WIR NACH DRAUSSEN?
NA SCHÖN! NACH DRAUSSEN!
GUT! DEN WÄREN WIR LOS.
NA SCHÖN. ICH VERMUTE, JETZT BLEIBT UNS NICHTS ÜBRIG, ALS DAS UNIVERSUM SELBER ZU RETTEN.
SCHLUSS FOLGT...

Teil 3

FÜR DIEJENIGEN MIT ERINNERUNGSLÜCKEN EINE KURZE ZUSAMMENFASSUNG UNSERER GESCHICHTE

Die Bistromath, Slartibartfaß' neues, superschnelles Raumschiff, hat ein paar besondere Merkmale. Es wird durch die Bistromathik und eine Reihe von Kräften angetrieben, die aus den Unregelmäßigkeiten abgeleitet sind, die in Bistros regelmäßig an der Tagesordnung sind (siehe Buch Eins).

Zu den bemerkenswerten Anlagen, mit denen die Bistromath ausgestattet ist, gehört ein Raum der Informationsillusionen. Darin bekamen Arthur Dent und Ford Prefect die Geschichte des Planeten Krikkit und seiner friedlichen Bewohner vorgeführt. Das heißt, friedlich waren sie, bis ihnen klar wurde, daß sie im Universum nicht allein waren. Da ihr Planet von eine Staubwolke vollkommen eingeschlossen ist, hatten die Krikkiter keine Ahnung, daß noch was anderes existierte. Als ein Raumschiff auf ihren Stern stürzte, hatten sie Grund, ihre Überzeugungen anzuzweifeln.

Dann waren sie in nur einem Jahr in der Lage, die fremde Technik zu kopieren und die Krikkit 1 zu bauen, ein modernes Hochleistungsraumschiff. Sein Jungfernflug erbrachte die Bestätigung, daß das Universum mit anderen Dingen vollgestopft ist – Galaxien, Sternen, Pla-

einzelne Gegenstände wieder in die Realzeit auszuspucken. Das Krikkit-Schiff und seine Kriegsroboter sind wieder aufgetaucht. Ebenso die einzelnen Teile des Schlüssels. Die Krikkit-Roboter sind auf der Suche nach den fünf Teilen des Schlüssels, damit sie ihren Planeten befreien und ihren Versuch wieder aufnehmen können, das Gleichgewicht des Universums zu zerstören.

Von einem Teile – dem »Silbernen Querstab« – hatte Slartibartfaß festgestellt, daß er sich auf irgendeiner Party befand. Er plante, Arthur und Ford dorthin zu schaffen, damit sie sich das Ding schnappen konnten, ehe die Krikkit-Roboter es fanden.

Auf dem Weg dorthin wurde Arthurs Teleport jedoch umgeleitet, und zwar von einem seltsamen Wesen namens Agrajag, das behauptete, es sei von Arthur viele, viele Male, in Myriaden von Reinkarnationen umgebracht worden. Es hatte vor, Arthur zu töten und sich für die vielfachen Morde zu rächen. Aber sein Plan ging schief... und das war der Moment, als Arthur fliegen lernte.

neten und Millionen anderer fühlender Wesen. Die Krikkit-Astronauten waren einer Meinung, als sie die große Weite des Universums sahen: »Das muß weg!«

Nach einem langen, sehr langen und wahrscheinlich auch sehr langweiligen Krieg, außer für die Millionen Toten, wurden die Krikkiter besiegt. Arthur und Ford sahen sich die Informationsillusion des Kriegsverbrecherprozesses von Krikkit an. Dessen Vorsitzende war Seine Hohe Richterliche Gewalt, Richter Pag – der Gelehrte, Unparteiische und Sehr Relaxte.

Pags Urteil war, den ganzen Planeten in eine »Zeitlupenhülle« zu packen. So könnten, wenn das Universum geendet hätte, der Planet Krikkit und seine Sonne aus dem Zeitlupenfeld wieder freikommen und die Krikkiter wieder frei atmen und es sich gemütlich machen in dem Bewußtsein, wirklich ganz allein im leeren Universum zu sein.

Ein Krikkit-Kriegsschiff, das als vermißt und zerstört galt, tauchte aber leider wieder auf und versuchte, sich in den Besitz des Schlüssels zu bringen, mit dem die Zeitlupenhülle zu eröffnen ist. Nach kurzem Kampf wurden der Schlüssel und das Kriegsschiff in ihre Einzelteile zerlegt und ins Raum-Zeit-Kontinuum geschleudert.

Inzwischen haben merkwürdige Strudel im Kontinuum begonnen,

Indem er nicht über das Fallen nachdachte und »den Boden zu verfehlen« versuchte, schwebte Arthur mit einemmal. Er schwebte direkt in die fliegende Party hinein, zu der Ford und Slartibartfaß erfolgreich den Weg gefunden hatten. Auf der Party lernte Arthur viele seltsame Geschöpfe kennen, und dann sah er Trillian.

Ehe er handeln konnte, gab's ein ziemlich lautes »WOPP!«, und die Krikkit-Roboter drangen in die Party ein. Sie stahlen einen Gegenstand, der »Rory« hieß, in Wirklichkeit aber Teil des Schlüssels war, mit dem die Zeitlupenhülle zu öffnen ist. Sekunden später waren die Roboter mit einem lauten »FOOP!« wieder verschwunden.

Arthur, immer noch total verknallt in die ehemalige Erdlingin Trillian, stellte fest, daß sie sich gegenwärtig in Begleitung eines Nordischen Donnergottes befand, der allgemein unter dem Namen Thor bekannt ist. Ein bißchen aus dem Konzept gebracht wurde Arthur durch das gewaltige Muskelspiel des Donnergottes, war aber trotzdem entschlossen, Trillian zurückzugewinnen. Und das tat er auch. (Siehe Buch Zwei.) An dieser Stelle nun faßte Slartibartfaß den Entschluß, sie müßten die Party verlassen und selbst das Universum retten.

DOUGLAS ADAMS siehe Teil 1

JOHN CARNELL siehe Teil 1

CHRISTOPHER SCHENCK siehe Teil 2

JOHN NYBERG siehe Teil 1

NEIL VOKES siehe Teil 1

CLEM ROBINS siehe Teil 2

NETWORK COLOR TECHNOLOGY, die ihren Sitz in St. Charles (Missouri) hat, gehörte zu den ersten Firmen in den USA, die ihren Kunden computerisierte Comic-Kolorierung anbot. 1989 gegründet, arbeitet NCT (eine Abteilung von World Color Digital Services) mit so wichtigen Verlagen wie DC Comics, Archie, Dark Horse und Marvel zusammen, die einige der fantastischsten Comics der Welt produzieren. Networks jüngste Unternehmung war Roger Zelaznys AMBER: THE GUNS OF AVALON NR. 3.

SEIT ARTHUR DENT MIT FORD PREFECT AUF EINEM SOFA VON DER PRÄHISTO-RISCHEN ERDE ENTWISCHT IST, HATTE ER EINIGE BEGEGNUNGEN MIT DEM...
...LEBEN...
...DEM UNIVERSUM...
...UND DEM GANZEN REST.
WÄHREND DIE ANDEREN ÜBER DIE VERNICHTUNG DES GANZEN NACHGEDACHT HABEN.

FORD, ARTHUR, TRILLIAN UND SLARTIBARTFASS SIND ZURÜCK AN BORD DES STERNENSCHIFFES BISTRO-MATH... HARMONIE UND EINTRACHT SIND ES NICHT.
NA SCHÖN, ICH BIN ALSO EIN FEIG-LING. HAUPTSACHE IST, ICH BIN NOCH AM LEBEN!
ICH BIN'S DOCH AUCH!
ABER NUR UM EIN HAAR.
EINEM DONNER-GOTT KLOPPE VOR DER TÜR ANZU-BIETEN!
MEINST DU, ER VERSTEHT AUCH NUR EIN WORT VON DEM, WAS ICH SAGE?
ICH WEISS NICHT. DU WIRST ES UNS HALT NOCHMAL ER-KLÄREN MÜSSEN.
ALSO...
SPÄTER. SCHRECKLICHES IST IM GANGE.
WIR HABEN AUF DER PARTY EINE ZIEMLICH KLÄGLICHE FIGUR GEMACHT. UNSERE EINZIGE HOFFNUNG IST JETZT, DASS WIR DIE ROBOTER DRAN HINDERN KÖNNEN, DEN WIKKIT-SCHLÜSSEL ZU GEBRAUCHEN.
MÜSSEN WOHL EINFACH DA HIN.
GEFÄLLT MIR GAR NICHT, DIE IDEE. WIRD WAHRSCHEINLICH UNSER ENDE SEIN.

WO IST ÜBERHAUPT TRILLIAN?
UND WO SIND MEINE KARTOFFELCHIPS?
SIE SIND BEIDE IM RAUM DER INFORMATIONSILLUSIONEN.
DEINE JUNGE FREUNDIN VERSUCHT, EIN PAAR PROBLEME DER GALAKTISCHEN GESCHICHTE ZU BEGREIFEN.
ICH DENKE, DIE KARTOFFELCHIPS HELFEN IHR DABEI.
ES IST EIN IRRTUM ZU GLAUBEN, MAN KÖNNE ALLE GRÖSSEREN PROBLEME EINFACH MIT KARTOFFELN LÖSEN.
VOR 20 MILLIARDEN JAHREN LEBTE EIN VOLK, DAS HIESS DIE SILASTISCHEN WAFFENTEUFEL VON STRITERAX, UND IM KÄMPFEN WAREN SIE SEHR GUT.
DER BESTE WEG, SICH MIT EINEM SILASTISCHEN WAFFENTEUFEL ANZULEGEN, WAR, GEBOREN ZU WERDEN.

UM DIESES BENEHMEN UNTER KONTROLLE ZU BEKOMMEN, MUSSTE JEDER, DER BEI SEINER NORMALEN ARBEIT EINE WAFFE TRUG, ALSO POLIZISTEN, SICHERHEITSBEAMTE, VOLKSSCHULLEHRER...
...MINDESTENS 45 MINUTEN TÄGLICH AUF EINEN SACK KARTOFFELN EINSCHLAGEN, UM SO ÜBERSCHÜSSIGE AGGRESSION LOSZUWERDEN.
EINE WEILE FUNKTIONIERTE DAS, BIS JEMAND AUF DIE IDEE KAM, DASS ES DOCH VIEL WIRKSAMER UND WENIGER ZEITRAUBEND WÄRE...
...DIE KARTOFFELN EINFACH ZU ERSCHIESSEN.
DAS FÜHRTE ZU EINER ERNEUTEN SCHIESSBEGEISTERUNG, UND ALLE WAREN BEI DER AUSSICHT AUF IHREN ERSTEN GRÖSSEREN KRIEG SEIT WOCHEN GANZ AUFGEREGT.

EINE ANDERE GROSSTAT DER SILASTISCHEN WAFFENTEUFEL IST, DASS SIE DAS ERSTE VOLK WAREN, DEM ES GELANG, EINEN COMPUTER ZU SCHOCKEN.
SEIN NAME WAR HAKTAR, AN DEN MAN SICH ALS EINEN DER MÄCHTIGSTEN JE ERBAUTEN COMPUTER ERINNERT.
WÄHREND IHRES MÜHSAMEN KRIEGES GEGEN DIE VEREINIGTEN STREITKRÄFTE DER EMSIGEN GARFIGHTER VON STUG...
...UND DIE STRANGULÖSEN STILETTANER VON JAJAZIK-STAK...
...BEFAHLEN SIE HAKTAR, FÜR SIE DIE ULTIMATIVE WAFFE ZU ENTWERFEN.
WAS MEINT IHR MIT ULTIMATIV?
BIN ICH EIN SCHEISS-WÖRTERBUCH?

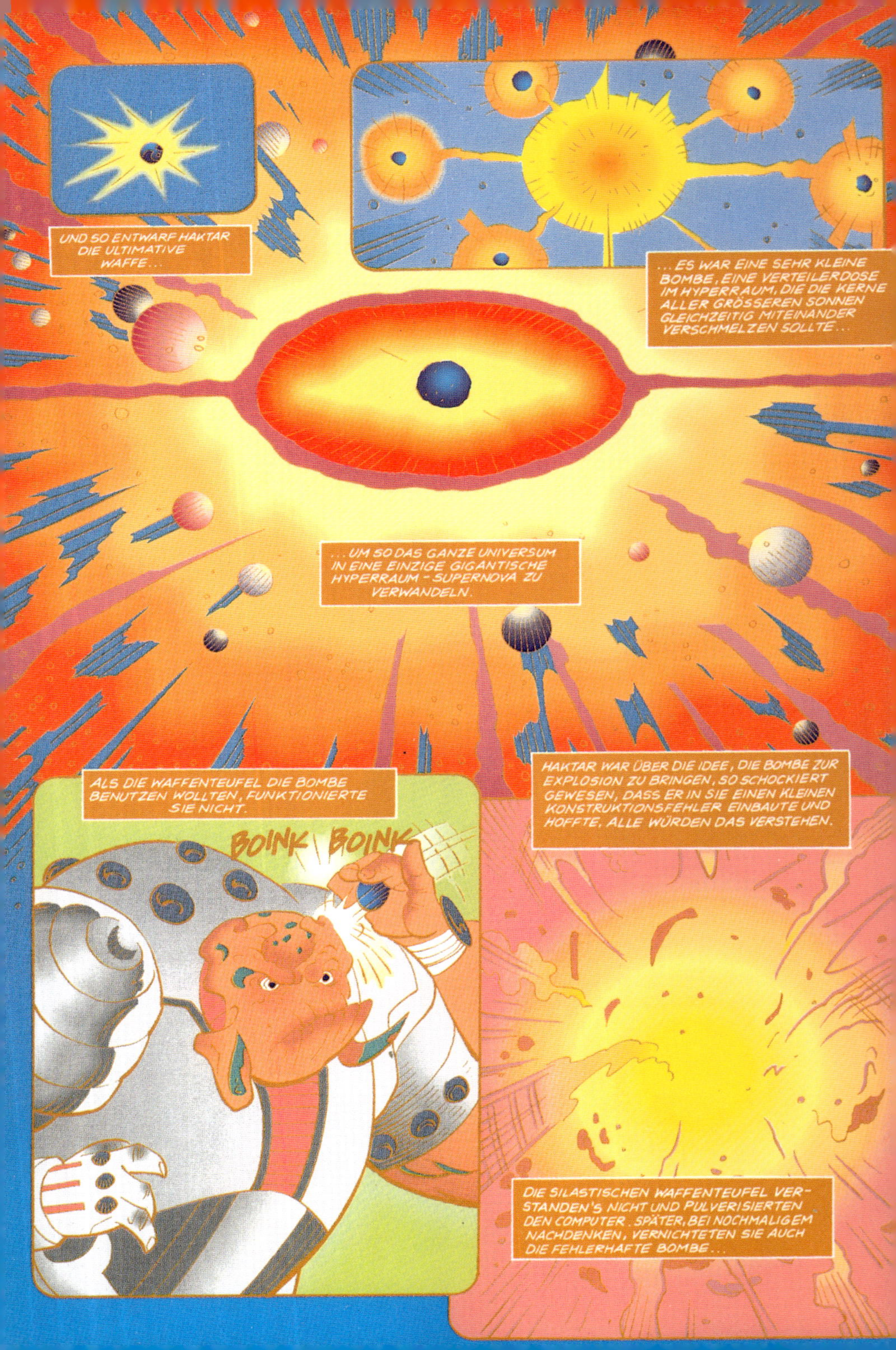
UND SO ENTWARF HAKTAR
DIE ULTIMATIVE
WAFFE...
... ES WAR EINE SEHR KLEINE BOMBE, EINE VERTEILERDOSE IM HYPERRAUM, DIE DIE KERNE ALLER GRÖSSEREN SONNEN GLEICHZEITIG MITEINANDER VERSCHMELZEN SOLLTE...
... UM SO DAS GANZE UNIVERSUM IN EINE EINZIGE GIGANTISCHE HYPERRAUM - SUPERNOVA ZU VERWANDELN.
ALS DIE WAFFENTEUFEL DIE BOMBE BENUTZEN WOLLTEN, FUNKTIONIERTE SIE NICHT.
BOINK BOINK
HAKTAR WAR ÜBER DIE IDEE, DIE BOMBE ZUR EXPLOSION ZU BRINGEN, SO SCHOCKIERT GEWESEN, DASS ER IN SIE EINEN KLEINEN KONSTRUKTIONSFEHLER EINBAUTE UND HOFFTE, ALLE WÜRDEN DAS VERSTEHEN.
DIE SILASTISCHEN WAFFENTEUFEL VERSTANDEN'S NICHT UND PULVERISIERTEN DEN COMPUTER. SPÄTER, BEI NOCHMALIGEM NACHDENKEN, VERNICHTETEN SIE AUCH DIE FEHLERHAFTE BOMBE...

... WOBEI SIE NUR KURZ INNEHIELTEN, UM ALLE IHRE FEINDE KURZ UND KLEIN ZU HAUEN, UND SCHLIESSLICH AUF EINE VOLLKOMMEN NEUE MÖGLICHKEIT KAMEN, SICH DABEI SELBER IN DIE LUFT ZU JAGEN...
... ZUR GROSSEN ERLEICHTERUNG VON JEDERMANN SONST IN DER GALAXIS, EINSCHLIESSLICH DER EMSIGEN GARFIGHTER, DER STRANGULÖSEN STILETTANER...
...UND DER KARTOFFELN.
DIE GESCHICHTE DER KRIKKIT-KRIEGE FOLGT IN KÜRZE
WENIG SPÄTER...
SO LANGSAM VERSTEHST DU, TRILLIAN.
ABER LEIDER KOMMEN WIR ZU SPÄT. DIE KRIKKIT-ROBOTER ERREICHEN IHREN HEIMATPLANETEN IN DIESER SEKUNDE.

DIE BISTROMATH LANDETE AUF EINEM KLEINEN ASTEROIDEN, DER UM DIE STAUB-WOLKE KREISTE, DIE DIE ZEITLUPENHÜLLE UMGAB, DIE DEN PLANETEN KRIKKIT EINSCHLOSS.
DAS RAUMSCHIFF DER KRIKKIT-ROBOTER PARKTE GLEICHFALLS AUF DEM ASTEROIDEN, DER NUN LANGSAM DURCH DIE STAUBWOLKE ABWÄRTS ZU SINKEN BEGANN.
UNSERE HELDEN ENTSTIEGEN SCHWEIGEND IHREM SCHIFF, UM DIE EREIGNISSE ZU BEOBACHTEN, DIE SICH IN KÜRZE ZEIGEN WÜRDEN.

WIR KÖNNEN WOHL IM AUGEN-BLICK NICHTS MACHEN ?
NEIN.
DIE ROBOTER HABEN DEN WIKKIT-SCHLÜSSEL WIEDER ZU-SAMMENGE-FÜGT...
"... UND SIND DABEI, IHN IN DAS ZEITLUPENSCHLOSS ZU STECKEN."
SLONK!
ZUMMM
KRIKKIT! KRIKKIT! KRIKKIT!

KRIKKIT! KRIKKIT! KRIKKIT!
DAS ZEITLUPENSCHLOSS WAR ZERSTÖRT.
DER REST DER GALAXIS WURDE IN ALL SEINER STRAHLENDEN GLORIE ENT-HÜLLT. DIE ROBOTER FROHLOCKTEN.
JETZT KONNTEN SIE DEN GANZEN... REST ZERSTÖREN.

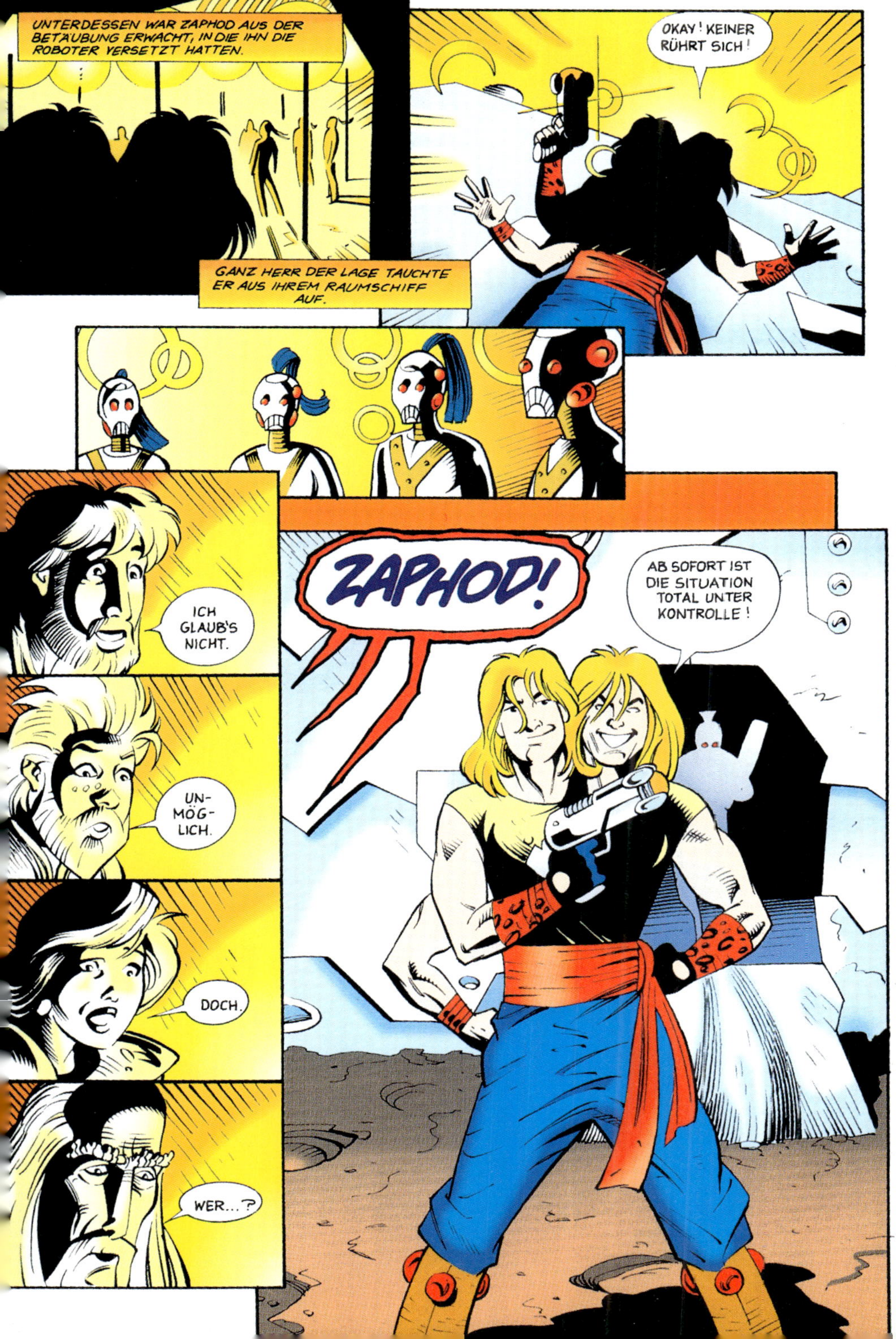
UNTERDESSEN WAR ZAPHOD AUS DER BETÄUBUNG ERWACHT, IN DIE IHN DIE ROBOTER VERSETZT HATTEN.
GANZ HERR DER LAGE TAUCHTE ER AUS IHREM RAUMSCHIFF AUF.
OKAY! KEINER RÜHRT SICH!
ICH GLAUB'S NICHT.
UN-MÖG-LICH.
DOCH.
WER...?
ZAPHOD!
AB SOFORT IST DIE SITUATION TOTAL UNTER KONTROLLE!

POP!
WER BEIM ZARK WAR DAS ?
WER WAR DAS ?
POP!
DAS KRIKKIT-RAUMSCHIFF VERSCHWAND MIT EINEM LAUTEN
FOOP

WIEDER AN BORD DER BISTROMATH...
ICH DENKE, MIT DIESEN ANODEN-DANDYS STIMMT WAS NICHT.
IRGENDWAS IST TOTAL MERKWÜRDIG.
SIE SIND DRAUF PROGRAMMIERT, JEDEN ZU TÖTEN.
MICH HÄTTEN SIE DOCH TÖTEN KÖNNEN, HABEN'S ABER NICHT GETAN. VIELLEICHT HABEN SIE MICH EINFACH FÜR EINEN GANZ TOLLEN KERL ODER SO WAS GEHALTEN.
YEAH, DAS KÖNNTE ICH VERSTEHEN.
HE, BABY.
ALLES IN ORDNUNG?
YEAH, MIR GEHT'S PRIMA.
GUT.
TJA, JETZT HEISST'S ALSO „ADIEU, GALAXIS."
WIEDER EINMAL SIND WIR GESCHEITERT.
BLOSS WEIL WIR UNS NICHT GENÜGEND INTERESSIEREN. ICH HAB'S EUCH JA GESAGT.
ABER WENN WIR HANDELN, WERDEN WIR ALLE STERBEN. SICHER INTERESSIERT UNS DAS?
NICHT GENUG, UM UNS DESWEGEN UMBRINGEN ZU LASSEN.

DU MUSST DOCH EINE AHNUNG HABEN, WARUM SIE DEIN LEBEN GESCHONT HABEN.
ICH GLAUBE, DAS WUSSTEN SIE SELBST NICHT.
SIE HABEN MIR NUR EINEN GANZ SCHWACHEN SCHLAG VERSETZT, MICH IN EINE ECKE IHRES RAUMSCHIFFS GEWORFEN UND DANN IGNORIERT.
WENN ICH AUFWACHTE UND WAS SAGTE, SCHLUGEN SIE MICH EIN-FACH WIEDER K.O.
WIR HATTEN EIN PAAR TOLLE GESPRÄCHE.
HE...
...AUTSCH!
HALLO, IHR DA...
...AUTSCH!
ICH FRAGE MICH...
AUTSCH!
HAT MICH STUNDENLANG AMÜSIERT.

DEIN RAUMSCHIFF SOLL JA EIN ZIEMLICHER FLITZER SEIN. WIE WÄR'S, WENN DU MICH ZU MEINEM ZURÜCKZIPPEN WÜRDEST ?
WILLST DU UNS NICHT HELFEN ?
UNS ? WER IST DENN UNS ?
ICH WÜRDE GERNE BLEIBEN UND HELFEN, DIE GALAXIS ZU RETTEN, ABER ICH HABE MUTTER UND VATER VON 'N PAAR KOPF-SCHMERZEN...
UND ICH FÜHLE 'NE MASSE KLEINER KOPF-SCHMERZEN NACHKOMMEN.
ABER WENN'S NÄCHSTES MAL ANS RETTEN GEHT, BIN ICH DABEI.
HE, TRILLIAN, BABY ?
JA ?
KOMMST DU MIT ? HERZ AUS GOLD ? SPASS, ABENTEUER UND ECHT FETZIGE SACHEN ?
ICH GEHE HINUNTER NACH KRIKKIT

UND SO GING'S
...INS WIRKLICHE
KRIKKIT.
EINEN GROSSEN TEIL DES HIMMELS FÜLLEN DIE KRIKKIT-KRIEGSSCHIFFE...
...DEREN BESATZUNGEN, NICHT LÄNGER IN RAUM-ZEIT ERSTARRT, UNBEDINGT DEN KRIEG GEGEN ALLES ÜBRIGE WIEDER AUFNEHMEN WOLLEN.

TRILLIAN, WAS TUST DU?
DENKEN.
ATMEST DU IMMER SO, WENN DU DENKST?
ICH HABE GAR NICHT BEMERKT, DASS ICH ATME.
DAS HAT MICH JA SO BEUNRUHIGT.
SCHSCH!
SAFETY
DANGER
EXTREME DANGER
ZAKKKK
ENT-SCHULDIGT --
ABER SEID IHR FREMDLINGE?

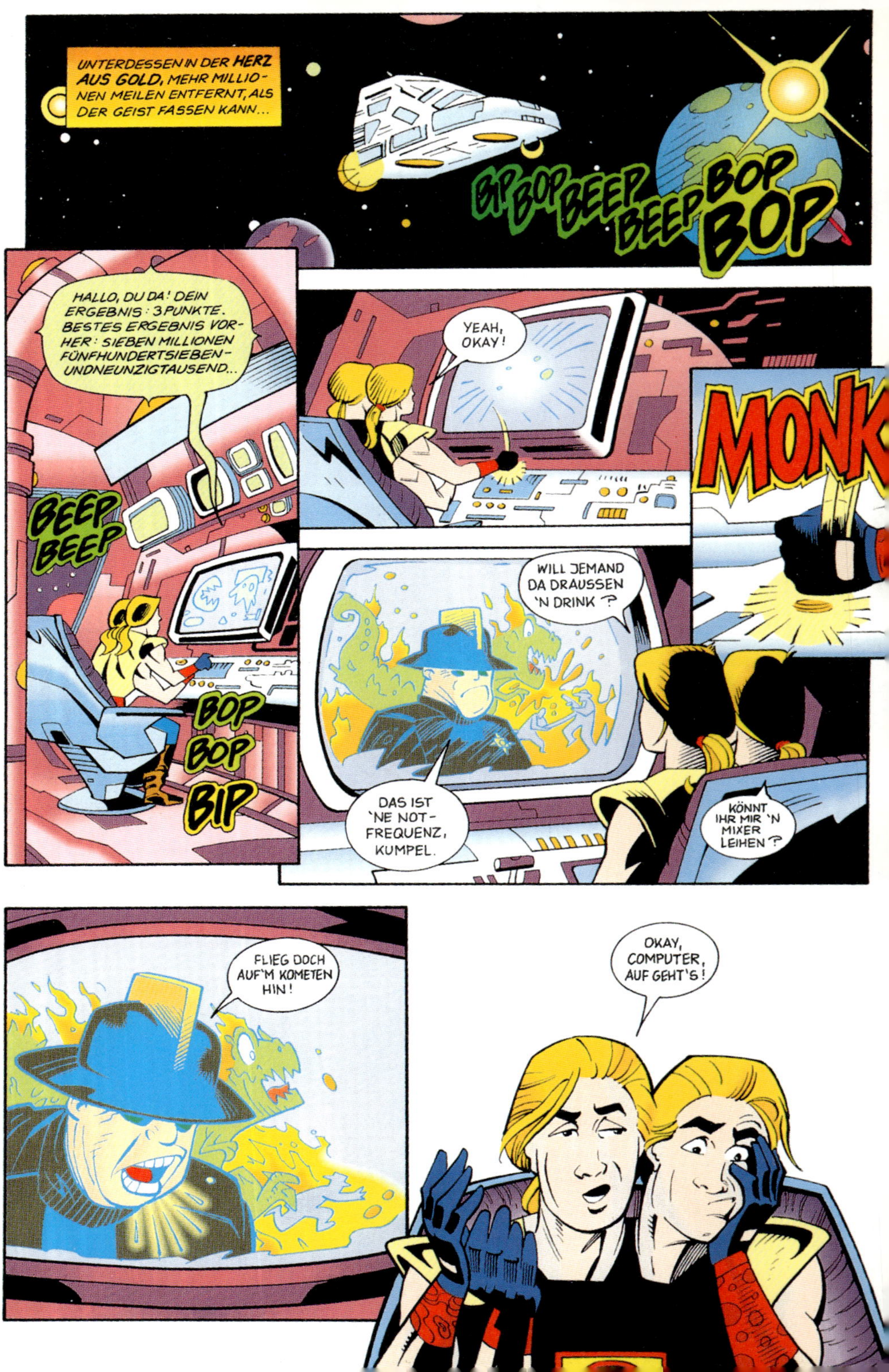
UNTERDESSEN IN DER HERZ AUS GOLD, MEHR MILLIONEN MEILEN ENTFERNT, ALS DER GEIST FASSEN KANN...
BIP BOP BEEP BEEP BOP BOP
HALLO, DU DA! DEIN ERGEBNIS: 3 PUNKTE. BESTES ERGEBNIS VORHER: SIEBEN MILLIONEN FÜNFHUNDERTSIEBENUNDNEUNZIGTAUSEND...
BEEP BEEP
BOP BOP BIP
YEAH, OKAY!
MONK
WILL JEMAND DA DRAUSSEN 'N DRINK?
DAS IST 'NE NOTFREQUENZ, KUMPEL.
KÖNNT IHR MIR 'N MIXER LEIHEN?
FLIEG DOCH AUF'M KOMETEN HIN!
OKAY, COMPUTER, AUF GEHT'S!

WIEDER AUF KRIKKIT, BEI DEN KRIKKITERN ...
WISST IHR ZUFÄLLIG ETWAS ÜBER DAS GLEICHGEWICHT IN DER NATUR ?
WIR HABEN BLOSS WAS DRÜBER GEHÖRT, WAHRSCHEINLICH IST ES NICHT WICHTIG.
NA SCHÖN, DA WERDEN WIR EUCH WOHL AM BESTEN TÖTEN.
DAS HEISST, AUSSER WENN ES WAS GIBT, WORÜBER IHR PLAUDERN MÖCHTET ?
WIR SIND BESORGT, NICHT WAHR, ÜBER DIESEN PLAN, DAS UNIVERSUM ZU VERNICHTEN.
WIR HATTEN DEN EINDRUCK, WENN DAS GANZE ÜBRIGE UNIVERSUM VERNICHTET WIRD, DANN WIRD DAS GLEICHGEWICHT IN DER NATUR DURCHEINANDERGEBRACHT.
WIR SIND NÄMLICH ZIEMLICH SCHARF AUF ÖKOLOGIE, VERSTEHT IHR ?
UND AUF SPORT.
JA. UND AUF SPORT.

VERSTEHT IHR, EINIGE VON UNS SIND ZIEMLICH SCHARF AUF SPORTLICHE BEZIEHUNGEN MIT DEM REST DER GALAXIS...
...ALSO IST ES MÖGLICHERWEISE EIN FEHLER, SIE ZU VERNICHTEN...
...UND SOGAR DEN REST DES UNIVERSUMS.
OKAY...
„...LASST UNS DRÜBER REDEN."
WIR HABEN DA SO EINE *BOMBE*, ES IST BLOSS EINE KLEINE.
ICH WEISS.
MAN SAGT, SIE VERNICHTET ALLES BESTEHENDE. UND DANN SIND WIR ALLEIN.
IST JA GUT, IST JA GUT. IHR MÜSST ES JA NICHT TUN.
ICH MÖCHTE, DASS DU MICH ZU EUREM ANFÜHRER BRINGST.

UNTERDESSEN IN DEN ROBOTER-KRIEGSZONEN ÜBER KRIKKIT...
...IST ZAPHOD MIT EINEM PLAN ZURÜCKGEKEHRT...
...ODER SO.
IM FLAGGSCHIFF DER ROBOTERFLOTTE DER KRIKKITER...
DAS DA MÜSSEN DIE ÜBERRESTE DES RAUMSCHIFFS SEIN, DAS AUF KRIKKIT GESTÜRZT IST--
--UND DAS SIE WEGEN DES ÜBRIGEN UNIVERSUMS HAT PARANOID WERDEN LASSEN.
DAS IST JA GAR KEIN ECHTES RAUMSCHIFF! EHER SO WAS WIE EINE BLAUPAUSE.
ZUMMMM

ES SIND DIE ROBOTER, SIR...
...IRGENDWAS STIMMT MIT DENEN NICHT.
WAS GENAU?
NUN JA, SIR, ICH GLAUBE, ES IST GERADESO, ALS KLINKTEN SIE SICH AUS DEN KRIEGSANSTRENGUNGEN AUS, JETZT, WO WIR DIE BOMBE ZÜNDEN WERDEN.
KOMMEN SIE ZUR SACHE.
DER KRIEG, SIR. DIE ROBOTER HABEN KEINEN SPASS DRAN. IRGENDWAS BEKÜMMERT SIE.
SIE SCHEINEN EINGESCHNAPPT ZU SEIN.
MACHEN SIE SICH NICHT LÄCHERLICH! EIN EINGESCHNAPPTER ROBOTER!

DIE WELT SCHLÄFT TIEF SCHON LANGE ZEIT, MICH NUR FLIEHT DIE DUNKELHEIT...
DENN PER INFRAROT SEH ICH, DIE NACHT IST EINFACH WIDERLICH.
ICH LIEG UND FIND KEIN SCHLÄFCHEN ZÄHL TAUSEND ROBOT-SCHÄFCHEN...
... BEHALT DEIN „SCHLAF GESUND!" FÜR DICH, DIE NACHT IST EINFACH WIDERLICH.
MARVIN!
ACH, DU BIST ES.
HÄTTE ICH MIR DENKEN KÖNNEN.
HAST DU EBEN GESUNGEN?
ICH BIN IM MOMENT IN BESONDERS FUNKEN-SPRÜHENDER FORM.

BIST DU ALLEIN?
JA. MÜDE SITZ ICH HIER, JAMMER UND ELEND MEINE EIN-ZIGEN GEFÄHRTEN.
UND MEINE RIESIGE INTELLIGENZ NATÜRLICH.
UND ENDLOSER KUMMER.
WIE HÄNGST DU MIT ALL DEM HIER ZUSAMMEN?
SO.
SIE HABEN MIR DIE LEITUNG DER GANZEN VERDAMMTEN OPERATION ÜBER-TRAGEN.
DANN, NEHME ICH AN, HAST DU MIR DAS LEBEN SCHON ZWEIMAL GERETTET.
DREIMAL.
FUTZZZ
HE, GUCK DOCH, DU LEISTEST FABELHAFTE ARBEIT.
WAS WOHL BE-DEUTET, DASS DU MICH HIER NICHT RAUSHOLST.
KLEINER, DAS TÄTE ICH SEHR GERN, ABER DU MACHST DICH PRIMA.
WARUM AUFHÖREN, WENN ICH'S GRADE ZUM KOTZEN FINDE?

HAST DU`NE AHNUNG, WO ICH TRILLIAN UND DIE JUNGS FINDEN KÖNNTE?
ICH KANN SIE DIR HIER AUF DEN MONITOR HOLEN, WENN DU WILLST.
DENKT BLOSS MAL DRÜBER NACH, EURE GESCHICHTE IST NICHTS ALS EINE REIHE UNWAHRSCHEINLICHER EREIGNISSE.
EURE VOLLSTÄNDIGE ABSCHOTTUNG VON DER GALAXIS WAR DOCH VON ANFANG AN IRRE.
GANZ AM ÄUSSERSTEN RAND, UND EINE STAUBWOLKE UM EUCH HERUM.
OFFENSICHTLICH EINE ABGEKARTETE SACHE.

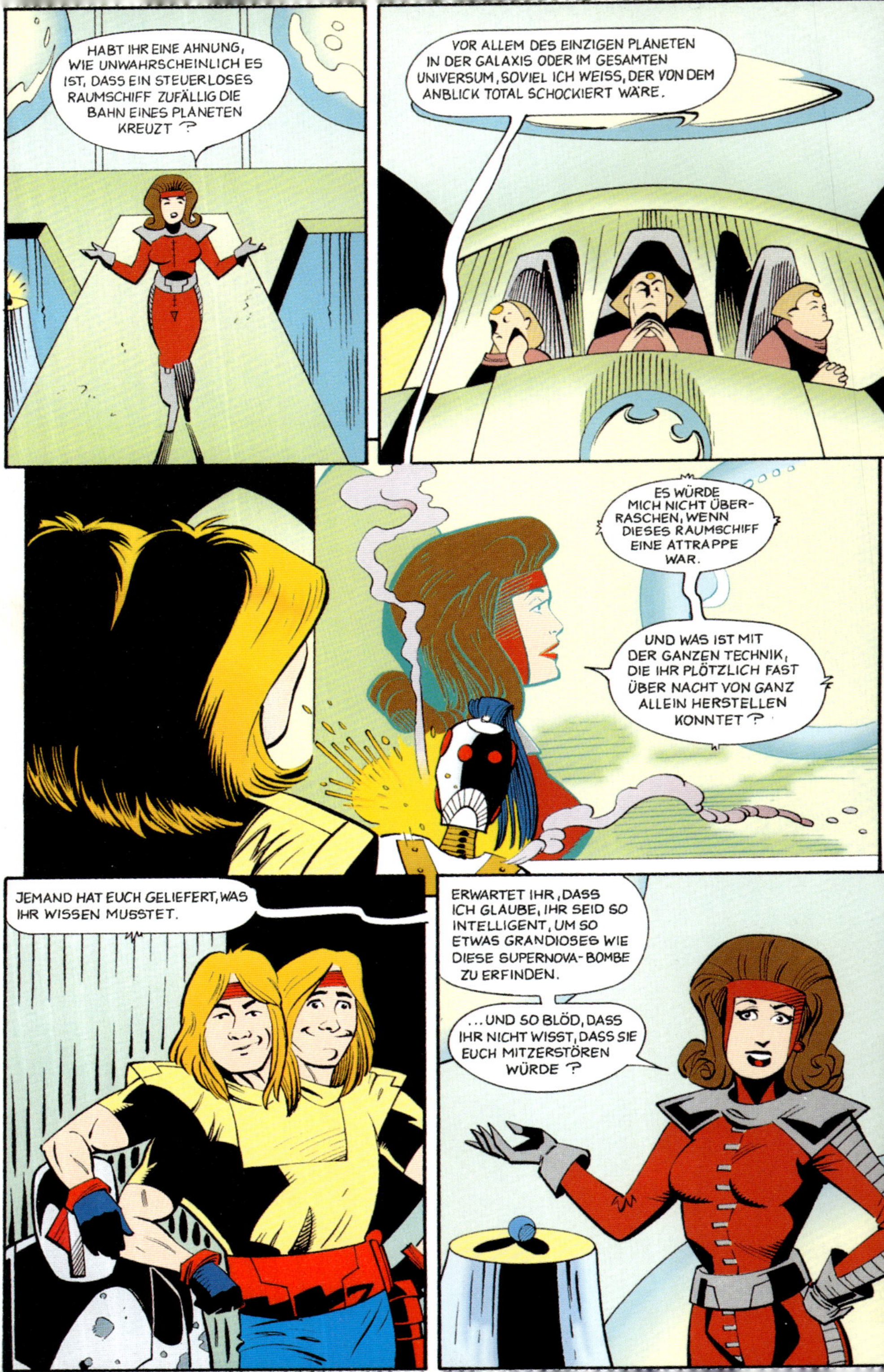
HABT IHR EINE AHNUNG, WIE UNWAHRSCHEINLICH ES IST, DASS EIN STEUERLOSES RAUMSCHIFF ZUFÄLLIG DIE BAHN EINES PLANETEN KREUZT?
VOR ALLEM DES EINZIGEN PLANETEN IN DER GALAXIS ODER IM GESAMTEN UNIVERSUM, SOVIEL ICH WEISS, DER VON DEM ANBLICK TOTAL SCHOCKIERT WÄRE.
ES WÜRDE MICH NICHT ÜBERRASCHEN, WENN DIESES RAUMSCHIFF EINE ATTRAPPE WAR.
UND WAS IST MIT DER GANZEN TECHNIK, DIE IHR PLÖTZLICH FAST ÜBER NACHT VON GANZ ALLEIN HERSTELLEN KONNTET?
JEMAND HAT EUCH GELIEFERT, WAS IHR WISSEN MUSSTET.
ERWARTET IHR, DASS ICH GLAUBE, IHR SEID SO INTELLIGENT, UM SO ETWAS GRANDIOSES WIE DIESE SUPERNOVA-BOMBE ZU ERFINDEN.
...UND SO BLÖD, DASS IHR NICHT WISST, DASS SIE EUCH MITZERSTÖREN WÜRDE?

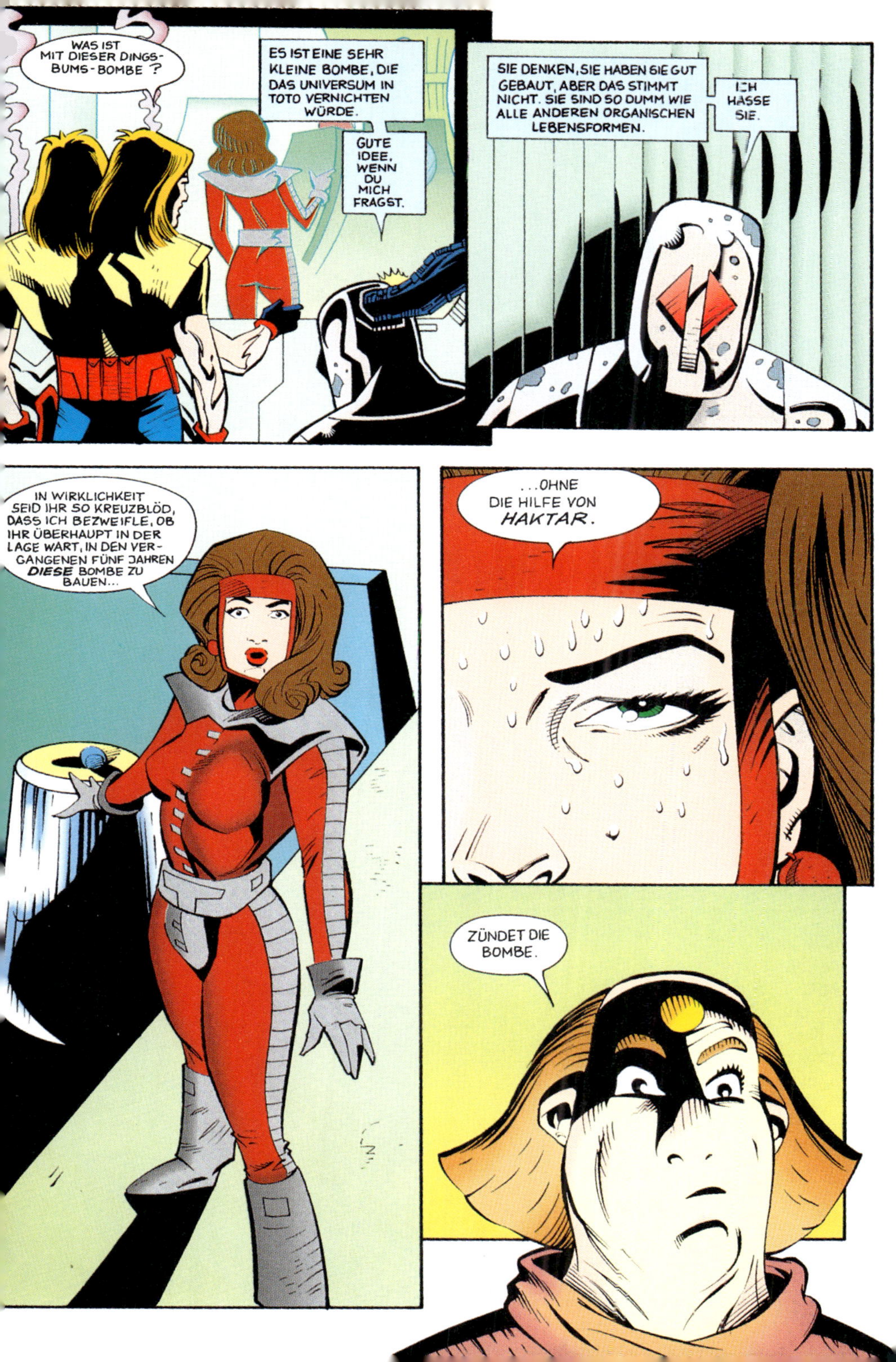
WAS IST MIT DIESER DINGS-BUMS-BOMBE ?
ES IST EINE SEHR KLEINE BOMBE, DIE DAS UNIVERSUM IN TOTO VERNICHTEN WÜRDE.
GUTE IDEE, WENN DU MICH FRAGST.
SIE DENKEN, SIE HABEN SIE GUT GEBAUT, ABER DAS STIMMT NICHT. SIE SIND SO DUMM WIE ALLE ANDEREN ORGANISCHEN LEBENSFORMEN.
ICH HASSE SIE.
IN WIRKLICHKEIT SEID IHR SO KREUZBLÖD, DASS ICH BEZWEIFLE, OB IHR ÜBERHAUPT IN DER LAGE WART, IN DEN VERGANGENEN FÜNF JAHREN DIESE BOMBE ZU BAUEN...
...OHNE DIE HILFE VON HAKTAR.
ZÜNDET DIE BOMBE.

KANNST DU WAS TUN?
SIE HÄNGT AN EINEM SEPARATEN SCHALTKREIS.
THWAK
BUMP
DOCH DIE BOMBE EXPLODIERTE NICHT.
SO, KÖNNEN WIR JETZT ZU HAKTAR GEHEN UND MIT IHM REDEN?
SIE BLUFFT. ICH HÄTTE DIE ARME KLEINE NIEMALS ALLEINLASSEN SOLLEN.
UND SO...
HALLO? HAKTAR? WAS HAST DU VOR?

UND SO LERNTEN TRILLIAN UND ARTHUR HAKTAR KENNEN...
WOLLT IHR NICHT BEIDE RAUSKOMMEN? ICH VERSPRECHE EUCH, DASS EUCH ABSOLUT NICHTS GESCHIEHT.
SWUMMMMMMM
HAKTAR EXISTIERT ALSO WIRKLICH. DIE SILASTISCHEN WAFFENTEUFEL LEGTEN IHN NUR LAHM, INDEM SIE IHN ZU STAUB ZERMALMTEN.
ICH KANN EUCH NICHTS ANBIETEN, UM MICH GASTFREUNDLICH ZU ZEIGEN, NUR LICHTSPIELCHEN.
ICH HOFFE, IHR HABT ES BEQUEM.

ICH MÖCHTE EUCH ZUR GENAUIG-KEIT EURER SCHLUSSFOLGE-RUNGEN GRATULIEREN.
DAS WAR TRILLIAN. SIE HAT MICH GE-BETEN MITZUKOM-MEN, WEIL MICH DAS LEBEN, DAS UNIVERSUM UND DER GANZE REST INTER-ESSIERT.
DARAN BIN ICH AUCH INTERESSIERT.
VIELLEICHT SOLLTEN WIR IRGEND-WANN MAL DRÜBER PLAUDERN. BEI EINER NETTEN TASSE TEE.
HAKTAR, WARUM BIST DU DER MEINUNG, DU MUSST DAS UNIVER-SUM VERNICHTEN?
WENN DAS SO EINE SITZUNG WERDEN SOLL...
...KÖNNEN WIR UNS JA AUCH DEN RICHTIGEN RAHMEN SCHAFFEN.

ICH LEG MICH EINFACH HIER AUF DIE COUCH, UND IHR SPIELT THERAPEUT.
SEHR GUT. KANNST DU AUCH REALE DINGE BAUEN?
ZUM BEISPIEL EIN RAUMSCHIFF?
JA, KLAR.

MIT RÜCKSICHT AUF DIE COUCH SCHRUMPFTE DAS HAKTAR-GEBILDE ZU EINER ANGENEHMEREN GRÖSSE ZUSAMMEN.
ES BRAUCHT ENORME ANSTRENGUNGEN UND ZEIT. ALLES, WAS ICH IN MEINEM PARTIKELZUSTAND TUN KANN, IST ERMUNTERN UND ZUREDEN.
EIN WINZIGES STÜCK RAUMSCHUTT, DIE EINE ODER ANDERE STERNSCHNUPPE, EIN PAAR MOLEKÜLE HIER, EIN PAAR ATOME DA ...
... ICH ERMUNTERE SIE, SICH ZUSAMMENZUBALLEN, BESTÜRME SIE, FORM ANZUNEHMEN. ABER DAS DAUERT VIELE ÄONEN.
DU HAST ALSO DAS MODELL DES ZERSCHELLTEN RAUMSCHIFFS GESCHAFFEN?
JA, MIR SIND EIN PAAR DINGE GELUNGEN.
ICH HAB'S BEREUT, MEINE EIGENE KONSTRUKTION FÜR DIE SILASTISCHEN WAFFENTEUFEL SABOTIERT ZU HABEN. ES WAR NICHT MEINE AUFGABE, SOLCHE ENTSCHEIDUNGEN ZU TREFFEN.
ICH WURDE ERSCHAFFEN, UM EINE FUNKTION ZU ERFÜLLEN, UND ICH BIN AN IHR GESCHEITERT. ICH HABE MEINE EIGENE EXISTENZ VERLEUGNET.

H PÄPPELTE DIE BE-
OHNER DES PLANETEN
RIKKIT BEWUSST MIT
MEINEN IDEEN, BIS SIE
DASSELBE GEISTIGE
NIVEAU WIE DIE SI-
ASTISCHEN WAFFEN-
EUFEL HATTEN...
...UND VON MIR DEN BAU
DER BOMBE VERLANGTEN,
DIE MIR DAS ERSTE MAL
NICHT GELUNGEN WAR.
ALS SIE IN DER ZEITLUPENHÜLLE
VOR MIR WEGGESCHLOSSEN
WAREN, WURDEN IHRE REAKTIONEN
KONFUS.
SIE WAREN
AUSSERSTANDE,
EINFLUSS ZU
NEHMEN.
ICH VERSUCHTE
BLOSS, MEINE AUFGABE
ZU ERFÜLLEN
UND UM RACHE
GING ES AUCH. MAN
HATTE MICH SCHLIESS-
LICH PULVERISIERT
UND MILLIARDEN
JAHRE LAHMGE-
LEGT.
ICH HABE GROSSE
LUST, DAS UNIVER-
SUM AUSZULÖSCHEN.
IHR WÜRDET GENAU-
SO EMPFINDEN,
GLAUBT MIR.

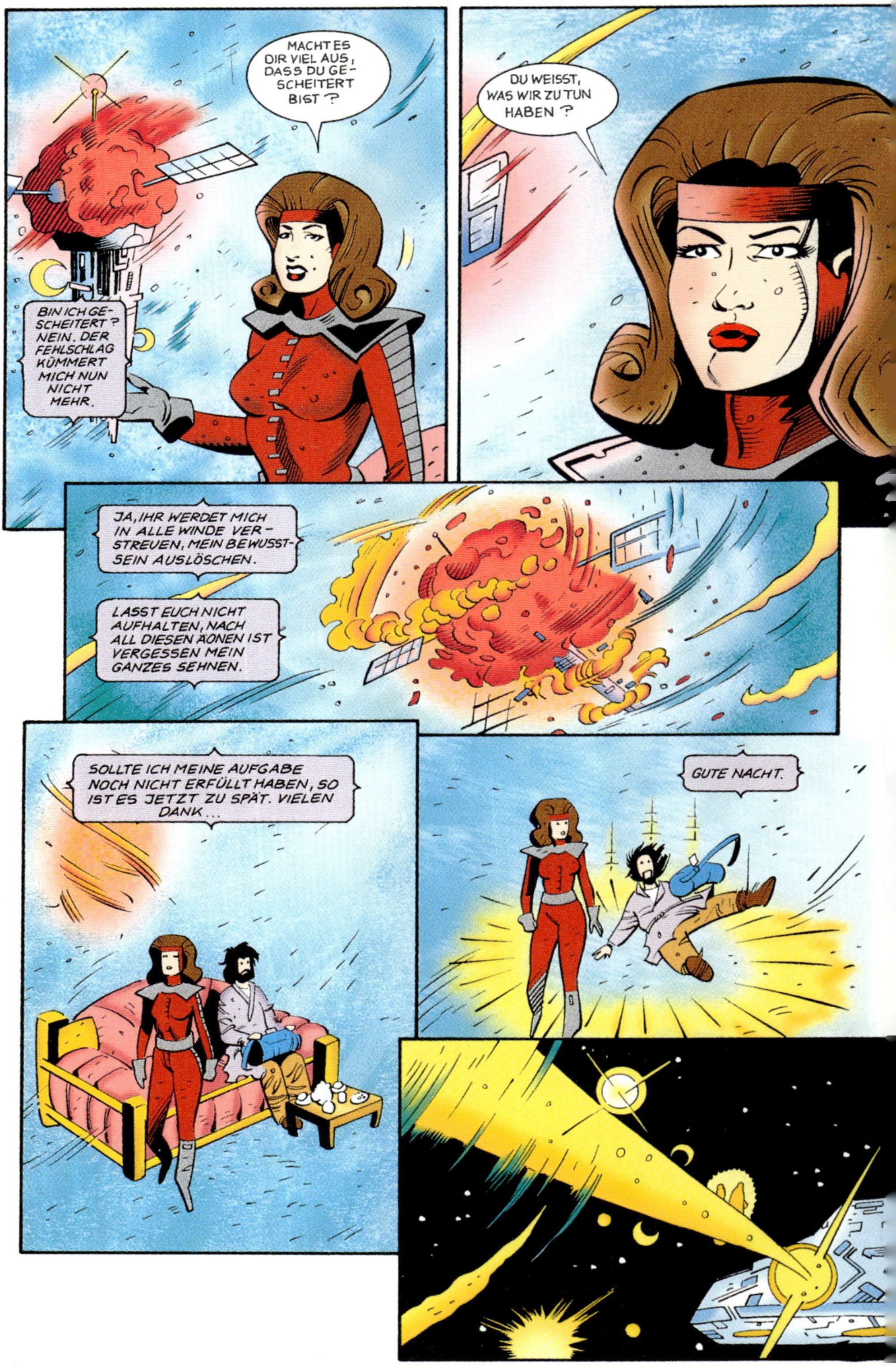
MACHT ES DIR VIEL AUS, DASS DU GESCHEITERT BIST?
BIN ICH GESCHEITERT? NEIN. DER FEHLSCHLAG KÜMMERT MICH NUN NICHT MEHR.
DU WEISST, WAS WIR ZU TUN HABEN?
JA, IHR WERDET MICH IN ALLE WINDE VERSTREUEN, MEIN BEWUSSTSEIN AUSLÖSCHEN.
LASST EUCH NICHT AUFHALTEN, NACH ALL DIESEN ÄONEN IST VERGESSEN MEIN GANZES SEHNEN.
SOLLTE ICH MEINE AUFGABE NOCH NICHT ERFÜLLT HABEN, SO IST ES JETZT ZU SPÄT. VIELEN DANK...
GUTE NACHT.

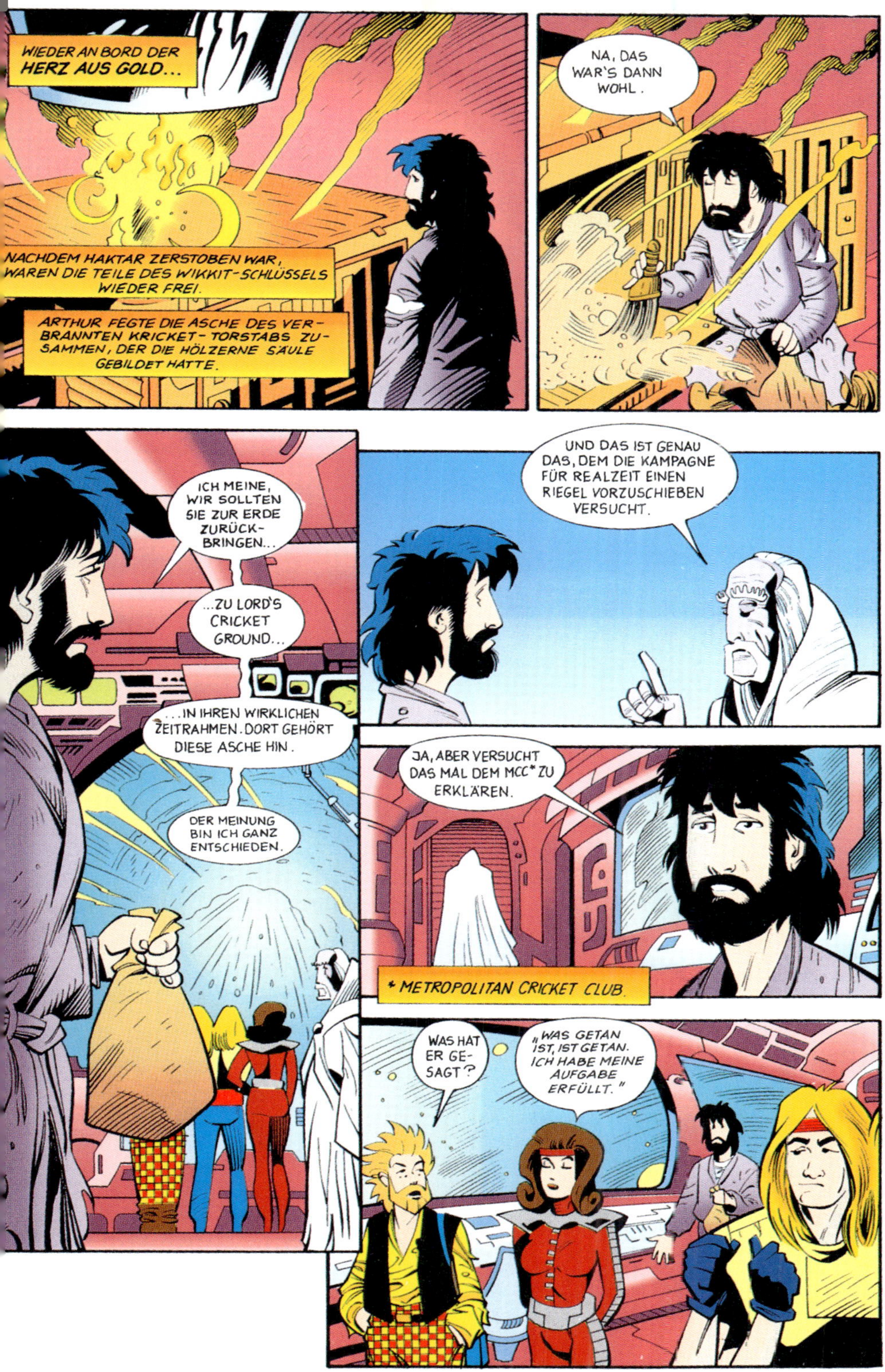

WIEDER AN BORD DER HERZ AUS GOLD...
NACHDEM HAKTAR ZERSTOBEN WAR, WAREN DIE TEILE DES WIKKIT-SCHLÜSSELS WIEDER FREI.
ARTHUR FEGTE DIE ASCHE DES VERBRANNTEN KRICKET-TORSTABS ZUSAMMEN, DER DIE HÖLZERNE SÄULE GEBILDET HATTE.
NA, DAS WAR'S DANN WOHL.
ICH MEINE, WIR SOLLTEN SIE ZUR ERDE ZURÜCKBRINGEN...
...ZU LORD'S CRICKET GROUND...
...IN IHREN WIRKLICHEN ZEITRAHMEN. DORT GEHÖRT DIESE ASCHE HIN.
DER MEINUNG BIN ICH GANZ ENTSCHIEDEN.
UND DAS IST GENAU DAS, DEM DIE KAMPAGNE FÜR REALZEIT EINEN RIEGEL VORZUSCHIEBEN VERSUCHT.
JA, ABER VERSUCHT DAS MAL DEM MCC* ZU ERKLÄREN.
* METROPOLITAN CRICKET CLUB.
WAS HAT ER GESAGT?
„WAS GETAN IST, IST GETAN. ICH HABE MEINE AUFGABE ERFÜLLT."

FORD UND ARTHUR REISEN DURCH ZEIT UND RAUM ...
... ZURÜCK ZU DEM KRICKET-SPIELFELD, UM DIE ASCHE ZURÜCKZUBRINGEN.
ICH VERHAFTE SIE WEGEN UNGEBÜHRLICHEN BENEHMENS!

ALLES IN ORDNUNG. ICH HABE DIE ASCHE. SIE IST IN DIESEM BEUTEL.
AGGGGGHHH!
ICH HABE AUSSERDEM GEHOLFEN, DAS UNIVERSUM ZU RETTEN.
DAS HÄTTE DOCH WIE EINE BOMBE EINSCHLAGEN MÜSSEN!
HAT'S ABER NICHT.
ICH HABE DIE ASCHE. SIE WURDE VOR EINER MINUTE VON DEN WEISSEN ROBOTERN GESTOHLEN.
SIE WAR TEIL DES SCHLÜSSELS ZU DER ZEITLUPENHÜLLE. WIE DEM AUCH SEI, DEN REST KÖNNEN SIE SELBER ERRATEN...
...HAUPTSACHE IST, ICH HABE SIE, UND WAS SOLL ICH JETZT DAMIT TUN?
DAS HAT ER HOFFENTLICH BLOSS METAPHORISCH GEMEINT.

INTERESSIERT SICH DENN KEINER?
NAK
SPLURT
KOMMST DU JETZT MIT?
OKAY.
WARTE EINE SEKUNDE, ALS ICH NOCH KLEIN WAR...
KANNST DU ES MIR SPÄTER ERZÄHLEN?
... WAR ICH VERRÜCKT NACH KRICKET. ABER ICH WAR NICHT SEHR GUT DARIN.
ODER ÜBERHAUPT NICHT, WENN'S DIR LIEBER IST.
ICH TRÄUMTE IMMER, ZIEMLICH TÖRICHT, DASS ICH EINES TAGES AUF LORD'S CRICKET GROUND DEN BALL WERFEN WÜRDE.
OKAY, BRING'S HINTER DICH.
ICH BIN DA DRÜBEN, MICH LANGWEILT DAS.
JA, ARTHUR HAT IN SEINER FLUGREISETASCHE EINEN KRICKETBALL HERUMGESCHLEPPT.

ARTHUR WAR BEREIT, DEN BALL ZU WERFEN...
...NUR WAR DAS EIN ANDERER BALL...
...UND ER WARF AUCH NICHT AUF EIN UNBEWACHTES WICKET.

BIN ICH GESCHEI-TERT? DER FEHL-SCHLAG KÜMMERT MICH NICHT.
WAS GETAN IST, IST GETAN, ICH HABE MEINE AUFGABE ER-FÜLLT.
MIR SIND EIN PAAR DINGE GELUNGEN.
DIE BOMBE!
SO BESCHÄFTIGT WAR ARTHUR MIT DER BOMBE, DASS ER ZU FALLEN VER-GASS...
...UND DEN BODEN TOTAL VERFEHLTE.

NUR DER SCHLÄGER EINES KRIKKIT-ROBOTERS KONNTE DIE BOMBE ZUR EXPLOSION BRINGEN.
ES WAR NUR NOCH EIN ROBOTER DA...
THWIP
...UND UM DEN WÜRDE ARTHUR SICH KÜMMERN!
KOMMST DU JETZT?
WIE IS DAS!

EPILOG:
NACH WEITEREN REISEN UND VIELEN NOCH VERRÜCKTEREN ABENTEUERN ...
AUF WIEDERSEHEN, ARTHUR. VIEL SPASS.
... BESCHLOSS ARTHUR DENT, SICH EINEN NETTEN, KLEINEN STERN ZU SUCHEN, SICH DORT NIEDERZULASSEN UND EIN RUHIGES, ZURÜCKGEZOGENES LEBEN ZU FÜHREN.
NACH EINIGER ZEIT LIESS ER SICH AUF DEM PLANETEN KRIKKIT NIEDER, DER INZWISCHEN WIEDER EINE IDYLLISCHE HIRTENWELT WAR...
... AUCH WENN IHM DIE LIEDER HIN UND WIEDER AUF DIE NERVEN GINGEN.
ER BRACHTE VIEL ZEIT MIT FLIEGEN ZU UND LERNTE, SICH MIT DEN VÖGELN ZU UNTERHALTEN...
... KAM ABER BALD DAHINTER, DASS IHRE GESPRÄCHE UNGEHEUER LANGWEILIG WAREN.
MEINE FLÜGELSPANNE BETRÄGT 4,2 ZOLL.
WIRTSCHAFTLICH BEI STARKEM GEGENWIND ?
HATTE GESTERN 'N PAAR HERRLICHE BEEREN.

DANN EINES TAGES ...
ARTHUR PHILIP ...
DICH HATTE ICH DOCH SCHON EINMAL, ODER ?
ENDE